O garimpeiro

Bernardo Guimarães

Equipe DCL – Difusão Cultural do Livro

DIRETOR EDITORIAL: Raul Maia

Equipe Eureka Soluções Pedagógicas

REVISÃO DE TEXTOS: Joana Carda Soluções Editoriais

Texto em conformidade com as novas regras ortográficas do Acordo da Língua Portuguesa

Dados Internacionais de Catalogação na Publicação (CIP)
(Câmara Brasileira do Livro, SP, Brasil)

Guimarães, Bernardo, 1825-1884.
O garimpeiro / Bernardo Guimarães. -- São Paulo :
DCL, 2013. -- (Clássicos literários)

ISBN 978-85-368-1625-8

1. Romance brasileiro I. Título. II. Série.

13-01036 CDD-869.93

Índices para catálogo sistemático:

1. Romances : Literatura brasileira 869.93

Impresso na Índia

Editora DCL – Difusão Cultural do Livro
(11) 3932-5222
www.editoradcl.com.br

Sumário

I A fazenda 5
II A cavalhada 10
III Na roça 19
IV O garimpo 27
V O baiano 35
VI A recusa 39
VII O sacrifício 43
VIII Elias 47
IX Além de queda, coice 52
X A afronta 57
XI De mal a pior 62
XII Moedeiro falso 66
XIII Os vizinhos 71
XIV A lavadeira 76
XV Abnegação 85
XVI O moribundo 91
XVII A grinalda e o túmulo 98

I

A fazenda

As regiões que formam os municípios de Araxá, Patrocínio e Bagagem, na província de Minas, encerram paisagens as mais risonhas e encantadoras que se podem imaginar, e quem uma vez tem percorrido esses férteis e pitorescos sertões nunca mais os perde da lembrança.

É impossível dar uma ideia do aspecto geral desse país. A cada eminência que se transpõe, uma nova perspectiva nos surpreende, um novo panorama se desenrola aos olhos do viandante. Aqui o solo ondula graciosamente em colinas de suave declive, separadas uma das outras por cristalinos córregos, orlados de capões, cujo tope escuro se destaca vivamente em meio do brilhante e verde claro matiz das Campinas. Além se achata em vastos chapadões, que cansam a vista e impacientam o viandante que os percorre. Acolá os espigões se abaúlam, como leivas gigantescas divididas pelos buritizais que se estendem como filas de guerreiros ao longo dos brejais. Aqui o horizonte é limitado ao longe por uma linha de serras, cujos topes, longe de serem coroados de ásperos alcantis, são lisos e risonhos tabuleiros cobertos de viçosas e suculentas pastagens. Acolá uma linha escura forma o fundo do painel; é a selva profunda e imensa, que lá se vai perder pelo coração dos desertos sem fim. De todas essas encostas, por todos esses vales, à sombra de todos esses selváticos vergéis, jorram e murmuram perenemente com pasmosa abundância as mais límpidas e frescas águas. O humilde regato que aqui transpondes de um salto, algumas léguas além ainda ao alcance de vossas vistas já é largo e caudaloso rio.

Tudo é belo e grandioso, é risonho e enlevador por aquelas imensas solidões.

Inúmeras manadas de gado e de éguas, mugindo e relinchando pelos vargedos de viço perenal, bandos de emas e siriemas vagando pelos camegais, alegram a solidão daqueles sertões abençoados.

De três em três, de quatro em quatro léguas lá alveja no fundo do valado, entre moitas de laranjais, coqueiros e bananeiras, a casa do abastado lavrador, que o viandante fatigado saúda sempre com indizível prazer, pois sabe que à sua porta o espera a mais franca e cordial hospitalidade.

Posto que ali ainda não tenham penetrado os benefícios do progresso material, todavia a condição moral e intelectual da população é e sempre foi excelente. Os habitantes dessas regiões são notáveis pela amenidade dos costumes e pela amabilidade do trato.

Nessas paragens os homens são robustos, ativos e inteligentes, as moças são bem feitas, meigas e formosas.

Todas essas vantagens são devidas talvez em grande parte à doce e sempre igual temperatura do clima, à inexcedível uberdade do solo, à beleza e magnificência de seus horizontes incomparáveis.

Entre a Bagagem e a vila do Patrocínio, no meio de espigões separados por um pequeno córrego situado num vale delicioso, que ia morrer nas faldas de um serrote vizinho, era a fazenda do major. No sertão não há fazendeiro algum tanto abastado que não tenha um posto elevado na guarda nacional. Portanto, para não declinar o nome de nosso personagem, o designaremos sempre pelo do seu posto.

A casa do Major era baixa mas espaçosa, circundada pelas suas faces, que olhavam para o lançante do espigão, de uma larga varanda aberta, e pelos fundos reunida entre moitas de laranjeiras, coqueiros, jambeiros e outras árvores frutíferas, que em pitoresca desordem a sombreavam em torno.

Na frente havia um vasto curral em um canto do qual erguia-se uma velha e truculenta gameleira, dessas que estendem seus galhos gigantescos dez braços em derredor, e que servia de sombra e aprisco para o gado, para os carros e outros utensílios de roça.

No fundo do quintal que era um vasto vergel de árvores frutíferas plantadas promiscuamente e sem simetria alguma, corria o córrego, que descia das alturas vizinhas sempre fresco e cristalino, à sombra de espessos e viçosos capões. Do outro lado, pela beira do córrego, corria uma orla de capoeira inculta e emaranhada.

Em certo lugar o riacho, como que fatigado de correr e retouçar por entre as pedras, vinha espreguiçar-se e adormecer em um largo e cristalino tanque, em cujas bordas havia uma linda vargenzinha toda alcatifada de rasteiro e mimoso capim. Era ali a fonte e o coradouro em que as escravas da casa costumavam lavar a roupa. Ali também a filha do Major, a formosa e interessante Lúcia, costumava trazer, nas horas de sesta, a sua cestinha de costura, e junto com Júlia, sua irmãzinha de nove anos, assentada no gramal à sombra de uma moita de arbustos, trabalhava cantarolando alguma singela copla, ou conversando com as escravas.

– Joana, tu não queres ir à vila agora pelas festas do dia 7 de setembro?

– Sinhazinha vai?

– Eu hei de ir por força; há parada, papai é Major, não pode deixar de ir, e bem vês que não pode deixar-nos aqui sozinhas.

– E então? Como é que sinhazinha há de ir sem sua negra? Quem é que há de lhe lavar e engomar os vestidos, pentear seu cabelo, e fazer o mais preciso? Sinhazinha cuida que há de perder festa; só se me amarrarem... já estou velha: é preciso aproveitar o meu tempo.

– Hás de ir, Joana, não tenhas cuidado, não posso passar sem ti... A festa dizem que vai ser muito arrojada; temos de lá ficar uns oito dias. Há cavalhadas, Joana.

– Cavalhadas! Ainda mais isso! Que bom! E eu que sou doida por cavalhadas! Não pode haver brinquedo mais bonito. Há quanto tempo não há disso por aqui! Esta terra já não é o que era dantes. No meu tempo, ah! Sinhazinha! Se Vmcê visse! Que bonitas cavalhadas não se corriam aqui e no Araxá! Era um gosto! Hoje isto já não presta para nada. Que é dos corredores de fama que então havia? Já morreu tudo. Agora isso há de ser alguma coisa à-toa.

– Estás enganada, Joana, estas vão ser muito boas. Aquele moço que aqui passou outro dia, não te lembras? Aquele moço alto, de cabelo preto e anelado...

– Ah! Já sei... O Sr Elias, aquele moço de Uberaba...

– Isso mesmo, Joana; ele também vai correr, e pediu a meu pai o cavalo rosilho.

– Oh! Aquele sim, que bonito cavaleiro não há de ser! É um mocetão sacudido e muito bem parecido.

– Não achas, Joana, que é um moço bem bonito? Eu também gostei muito dele.

– É um figurão, e parece ser muito boa pessoa. É pena ser tão pobre.

– Quem te disse que ele é pobre? Você o conhece?

– Eu não; mas está se vendo, sinhazinha; nem um pajem, nem um camarada... ele só com seu cachorro, sua espingarda e sua mala na garupa... então gente rica anda assim?

– Ora, isso não quer dizer nada; há muita gente rica que anda assim por gosto.

– Não creia nisso, minha sinhá; está-se vendo que ele é mesmo pobre. Quem sabe se mesmo o cavalo em que anda não é emprestado!

– Arre lá! Joana – replicou a moça com um sorriso que não disfarçava o seu enfado. –também que nos importa que ele seja pobre ou rico; entretanto eu duvido que nessas cavalhadas apareça um cavaleiro mais bem feito e mais bonito.

– Ah! Sinhazinha! Está me parecendo que Vmcê. ficou... não quero falar... não; Deus me defenda.

– Ficou o quê? ... Joana; fala...

– Sinhazinha, não fica zangada com sua negra?

– Não, podes falar sem susto.

– Ficou mordida...

–Mordida! Não entendo.

– Pois se não entende, melhor; e calo minha boca!

A escrava com quem Lúcia entretinha esta conversação era uma crioula algum tanto idosa, mas esperta, viva e palradeira: boa e fiel escrava, muito estimada de seus senhores e especialmente de Lúcia, a quem na infância tinha amamentado. As últimas palavras que dirigiu à moça foram proferidas com certa intenção, ao mesmo tempo que fitava nela um olhar malicioso. A moça compreendeu, corou e sorriu levemente, e tratou de desviar a conversa daquele assunto.

– Mas, Joana, eu tenho muita costura que fazer de amanhã em Dante, tu e a Paula hão de me ajudar, se é que querem ir à festa.

A estas palavras, as quatro ou cinco raparigas que ali se achavam também ocupadas na lavagem de roupa, acudiram a um tempo, a garrular como uma chusma de periquitos.

– E eu também estou aí, sinhazinha. Paula não é capaz de engomar melhor do que eu; sinhazinha há de me levar, não é assim?

– E a mim também, sinhazinha, há que tempos que eu não vou à vila.

– Cala-te; você ainda outro dia foi a desobriga, e eu fiquei; agora é que eu devo ir, sinhazinha.

– E eu então? Vocês todas têm ido à vila este ano, e eu, pobre de mim, ainda nem para ouvir uma missa.

Lúcia via-se zonza no meio daquela algazarra de pedidos importunos que choviam sobre ela a um tempo a atordoar-lhe os ouvidos, como um bando de maritatacas.

– Pelo que vejo, vai a não ficar ninguém em casa! Hão de ir aquelas que for possível. Havemos de ver isso depois. Por agora tratem de seu serviço e não estejam a me aborrecer.

Estas palavras, a que Lúcia então procurava dar um tom severo, não produziram senão um efeito passageiro. A tagarelagem e as importunações continuaram na mesma, daí a pouco, e não teriam fim, se o sol que se ia escondendo atrás das colinas não viesse avisar que era tempo de se recolherem.

As negras trataram de arrumar a roupa em gamelas e balaios, que puseram na cabeça; Lúcia tomou em um dos braços seu balainho de costura, deu a mão à sua irmãzinha, e todo aquele alegre e interessante grupo a um de fundo foi desaparecendo por entre o laranjal.

Daí a pouco ouvia-se a sineta da casa chamando a família e os escravos para a reza da Ave-maria, e ao som dessa reza, dos últimos cantos do galo e dos gorjeios do sabiá, enviando à tarde um derradeiro adeus, a paz e a benção do céu desciam nas asas cinzentas do crepúsculo sobre aquelas tranquilas solidões.

Lúcia tinha dezoito anos; seus cabelos eram da cor do jacarandá brunido, seus olhos também eram assim, castanhos bem escuros. Este tipo, que não é muito comum, dá uma graça e suavidade indefinível à fisionomia.

Sua tez era o meio termo entre o alvo e o moreno, que é a meu ver, a mais amável de todas as cores. Suas feições, ainda que não eram de irrepreensível regularidade, eram indicadas por linhas suaves e harmoniosas. Era bem feita, e de alta e garbosa estatura.

Retirada na solidão da fazenda paterna, desde que saíra da escola, Lúcia crescera como o arbusto do deserto, desenvolvendo em plena liberdade todas as suas graças naturais, e conservando ao lado dos encantos da puberdade toda a singeleza e inocência da infância.

Lúcia não tinha uma dessas cinturas tão estreitas que se possam abranger entre os dedos das mãos; mas era fina e flexível. Suas mãos e pés não eram dessa pequenez e delicadeza hiperbólica, de que os romancistas fazem um dos principais méritos das suas heroínas; mas eram bem feitos e proporcionados.

Lúcia não era uma dessas fadas de formas aéreas e vaporosas, uma sílfide ou uma baiadeira, dessas que fazem o encanto dos salões de luxo. Toma-la-íeis antes por uma das companheiras de Diana, a caçadora de formas esbeltas, mas vigorosas, de singelo mas gracioso gesto.

Todavia era dotada de certa elegância natural, e de uma delicadeza de sentimentos que não se esperaria encontrar em uma roceira.

Esses dotes ela os devia em parte ao céu, que tanto a favorecera, e em parte à sua mãe, mulher espirituosa e sensível, e que se esmerava em dar-lhe uma excelente educação, que Lúcia procurava transmitir à sua pequena irmã, desde o berço.

Quanto ao Major, homem de espírito acanhado, frio e positivista, mas boa alma, o melhor dote que julgava poder dar ás suas filhas era dinheiro e só dinheiro.

A gentil sertaneja bem raras vezes ia à vila do Patrocínio; sua vida deslizava-se naquele ermo tranquila e uniforme, como o murmúrio monótono de uma fonte, e sua alma era pura e alegre como manhã de abril, plácida e serena como uma noite de luar. Mas a vida não lhe corria inativa, e nem seu coração estava vazio.

Além de sua irmãzinha, em quem concentrava as suas mais ternas afeições, e a quem servia de mestra e de mãe na falta da verdadeira, que há muito haviam perdido, eram seus cuidados uma linda e mansa vaquinha favorita, da qual todos os das com suas próprias mãos tirava o alvo e espumante leite; eram suas pombas, seu pequeno jardim, e seu lindo oratório, que sempre trazia enfeitado de frescas e fragrantes flores, e em que todas as noites, com sua irmãzinha ao lado, rezava por alma de sua mãe.

Lúcia tinha prazer todas as vezes que se oferecia ocasião de ir à vila a qualquer festa, ou simplesmente para ouvir missa. Era uma agradável interrupção à sua vida monótona de roceira; ia espairecer um pouco seu espírito na sociedade, ia ver e gozar da companhia de suas amigas de escola. Mas, passados alguns dias, começava a sentir saudades de sua vaquinha, de suas pombas, de suas flores e de seu oratório.

Naquela ocasião, em que havia festas esplêndidas e arrojadas, como há muitos anos não se faziam naquele lugar por ocasião do aniversário da independência, havia ainda mais um incentivo, e pode-se fazer ideia da alegria infantil com que Lúcia e Júlia faziam os preparativos da pequena viagem, e da impaciência com que esperavam o dia da partida.

Para Lúcia havia ainda mais um poderoso motivo de emoção e alegria. O gentil mancebo, que pousara em sua casa, e que ia correr nas cavalhadas, não lhe saía da lembrança. Ao pensar nele Lúcia sentia no coração um alvoroço estranho, como nunca sentira em dia de sua vida.

II

A cavalhada

A vila do Patrocínio está em uma das mais lindas e aprazíveis situações. Ocupa o alto e os lançantes de uma colina de pendor suave, encostada de um lado ao topo de uma serra, e gozando pelos outros lados da mais risonha e extrema perspectiva de largos e formosos horizontes.

Nas vésperas da festa, a que nos reportamos (há de haver mais de vinte anos), a alegre e faceira vila estava mesmo louçã e garrida, como menina da roça, que se enfeita com alegre sofreguidão para ir à festa na povoação vizinha. As fazendas e arraialetes, num raio de dez léguas em redor, tinham ficado despovoados. As casas da pequena vila já não eram suficientes para acomodar tanta gente; os ranchos improvisados e cobertos de capim; as barracas e os carros de bois, outras barracas ambulantes, com seu toldo de couro, agrupados em desordem pelas Campinas e vargedos vizinhos, abrigavam uma multidão de famílias sertanejas, que ao sol sempre brilhante daquelas paragens, onde se desconhecem as neblinas e aguaceiros, alardeavam seus vestidos de cores vivas e variegadas, seus grossos rosários e trancelins de ouro com pesados relicários e medalhas pendentes do pescoço, derramando-se pelo seio com incrível profusão. Os rapazes montados em lindos poldros ou em possantes mulas ajaezadas de prataria, as esporeavam pelas ruas, procurando fazer admirar as excelentes qualidade de suas cavalgaduras, e o seu desempenho e galhardia em dirigi-las. As violas, violões e guitarras ressoavam por todos os cantos daquela vila que sempre foi notável por seu gosto pelas sinfonias e serenatas.

A arena ou circo, em que se deviam correr as cavalhadas, era no meio do largo da Matriz, em uma esplanada que fica na parte mais eminente do outeiro em que está situada a vila. Era um arco circular de cento e vinte passos, mais ou menos, de diâmetro, em torno do qual os particulares iam construindo em desordem e sem simetria alguma seus palanques toldados e guarnecidos em roda de colchas de damasco, de seda e de chita de variadas e brilhantes cores.

Dois dias antes da festa, à tarde, fazia sua entrada na vila pela estrada do sertão uma família, que, entre outras muitas que am chegando, atraiu particularmente a atenção do povo que vagava pelas ruas, e que se apinhava pelas portas e janelas. Era um homem idoso, tendo a seu lado uma jovem e gentil cavaleira, que cavalgava com suma graça um lindo ginete branco, uma menina de nove a dez anos, e alguns pajens e mucamas a cavalo.

– Que moça tão bonita é aquela? – perguntavam dali.

– É a Lúcia! Pois não conhecem a Lúcia? Ah! Cada vez mais bela!

– É a Lúcia! Aí vem a Lúcia! – sussurrava-se em outro grupo; e moços, velhos e meninos a correrem às janelas para verem aquela peregrina formosura, cuja fama há muito já se tinha espalhado por toda aquela redondeza.

– É um sol de formosura! exclamavam simpaticamente os velhos. É o retrato de sua mãe, que eu conheci muito no meu tempo, mas retrato favorecido...

– É na verdade bonita – diziam as moças; mas, coitada, por viver sempre na roça, está com um ar tão acanhado.

– Ora, prima, se a senhora não fosse tão bonita, eu diria que isso é inveja. Veja com que graça e desembaraço ela governa o cavalo... queria que ela estivesse a olhar sempre para todos os lados?

Quando uma moça é bonita, airosa e bem feita, se cavalga um lindo ginete e sabe bem dirigi-lo, seus encantos ganham novo realce. Com o movimento as faces se incendem de cores mais vivas, os olhos despedem mais fulgor, e o porte como que se torna mais garboso e senhoril. Lúcia, que reunia todas aquelas condições em grau eminente, estava fascinadora. Sua entrada na vila produziu uma verdadeira expectação.

– Que bonita moça! E como governa bem o seu lindo cavalinho! – dizia-se ainda em um grupo de moços, que se afastara a um canto para vê-la. Eu prefiro este espetáculo a quanta cavalhada há neste mundo.

– Tens razão. Entre as coisas lindas é ver uma linda moça montada em um lindo cavalo.

– Oh! Se as mulheres também corressem cavalhadas, e pilhássemos um terno de cavaleiras como aquela! ... que dizes, Elias?

– Isso é impossível – respondeu este – como aquela não pode haver outra no mundo. Mas nesse caso eu quisera correr cavalhadas toda a minha vida!

– Ah! Meu Deus! A primeira argolinha, que eu correr, e que hei de tirar por força, há de ser oferecida àquela incomparável formosura.

– Alto lá, eu corro primeiro que tu, e serei eu que primeiro terei a honra de ofertar-lhe o anel... que ventura, já estou sonhando com o gracioso sorriso com que ela tem de agradecer-me.

– Que esperança! Na primeira corrida vocês todos hão de errar, eu aposto; e eu, que serei um dos últimos a correr serei o primeiro a levar a argolinha à gentil dama, e o que vocês ainda não sabem, o pai dela com quem muito me dou, me há de convidar a jantar em sua casa. Olhem, não vão morrer de inveja.

O grupo, como se vê, era de corredores de cavalhadas, e entre eles achava-se Elias. Lúcia o tinha avistado, e tinham-se saudado com os olhos. Elias ao ouvir as palavras de seus companheiros remoia-se por dentro, e começava a sentir as primeiras inquietações do amor. Quando passara pela fazenda do Major sentira irresistível atração pela moça; mas, atendendo à sua posição de moço pobre e sem posição, não ousara afagar muito aquele sentimento, que esperava em breve se desvaneceria. Quando porém a viu entrar na vila radiante de beleza, e como que rodeada de uma auréola de prestígio, quando a viu tornar-se o alvo da admiração de tantos ricos e galhardos moços, que pareciam porfiados em merecer dela um olhar ou um sorriso, Elias sentiu um não sei quê picar-lhe o coração, e compreendeu que nunca poderia ver de bom grado aquela beleza passar ao poder de outrem.

Depois de dar o tempo necessário para o descanso dos recém-chegados, que se apearam em uma das melhores casas do largo, Elias foi um dos primeiros a visitá-los, no que não só cumpria um dever como também satisfazia o mais ansioso anelo do seu coração. A recepção foi cordial e afetuosa. É escusado dizer que Lúcia, ao ver o moço, corou de um modo muito expressivo.

Havia já lá, na sala do Major, um jovem trajado com elegância e certo requinte de mau gosto, porém, à última moda. Sobre o colete brilhavam-lhe a grossa cadeia do relógio, guarnecida de uma infinidade de penduricalhos, a luneta com seu competente trancelim, e no peito da camisa um formidável alfinete de diamante. O colete tinha também uma cintilante abotoadura metálica. Era em tudo o tipo acabado do peralvilho da corte, todo frisado e almiscarado. Era um negociante fluminense há pouco estabelecido no lugar. Fora a princípio mascate ambulante, mas havia um ano que se instalara no Patrocínio com loja e balcão, e segundo dizia estava bem principiado, e em vias de enriquecer-se. Gostava muito de Lúcia, e fazia a corte ao Major que o não olhava com maus olhos; pois via nele um ricaço em esperança, e por conseguinte um excelente genro.

Elias viu com desespero que por toda a parte não encontrava senão rivais. Essa circunstância, porém, longe de desalenta-lo, mais estimulava e incendiava a sua nascente paixão.

O jovem negociante era de conversação jovial e zombeteira. Para se inculcar de fina e polida educação escarnecia de tudo quanto era do sertão, e naquela ocasião, para dar mostras de seu espírito, começou pelas cavalhadas.

– Na corte ninguém iria ver cavalhadas senão para rir-se. É um divertimento do tempo de El-Rei nosso senhor. Que papel ridículo não fazem esses papalvos que ali vão galopar enfeitados de chapéus armados, bandas, fitas e ouropéis como figuras de entremez! ... E a embaixada, Santo Deus! Há nada mais estúpido! Admira que ainda haja homens sérios, que assim se atrevam a prestar-se ao debique em público sobre um cavalo dançador, repetindo de boca cheia umas asneiras que ninguém entende! É espetáculo próprio só para bobos ou crianças.

– Ora deixe-se disso, senhor Azevedo – replicou o Major – o senhor é bem difícil de contentar. O nosso povo gosta de cavalhadas, é doido por elas. Não podemos ter circos nem teatros, como nas grandes cidades; que remédio senão nos servirmos com a louça de casa!

– Ora! Façam banquetes, façam bailes, façam corridas de touros; não faltam meios de divertir-se o povo; mas deixem-se dessa triste bobice das cavalhadas.

– Mas talvez V. Sª. goste de ver estas. Os cavaleiros são excelentes; temos soberbos cavalos, e estão muito bem doutrinados.

– Qual! Nestas coisas, quanto melhor, pior! Quanto mais perfeito anda o negócio, mais ridículo. Antes fosse uma verdadeira mascarada carnavalesca e doidejante; mas aquela cômica gravidade, aquela insípida regularidade, é coisa tristemente ridícula.

– É para V. Sª., acostumado aos brilhantes e variados espetáculos da corte; mas para nós, pobres roceiros, não há nada mais divertido do que ver um guapo cavaleiro dirigindo um bom e bem doutrinado ginete, tirar uma argolinha, e, encaminhando-se a um palanque, ofertá-la a uma formosa dama...

– Sim; e depois com cara d'asno vir volteando o círculo com um molho de fitas na ponta da lança, ao som de músicas e foguetarias, e ir colocar-se de novo muito concho no seu posto. Há nada mais insípido! São coisas que se devem deixar para os artistas do circo equestre, que as fazem muito melhores, e disso ganham a vida.

Elias, que ouvia com impaciência as palavras do negociante, que humilhavam e o feriam em seu amor-próprio, julgou que não devia deixar sem resposta os motejos daquele pelintra, com quem, sem saber por quê, embirrara desde o princípio, e assentou de confundi-lo e esmagá-lo. Elias, que além de ter feito os estudos preparatórios, por seu amor à leitura tinha adquirido variada instrução, era de feito muito superior ao seu adversário.

– Perdão – replicou Elias com polidez – não lhe acho razão, meu senhor, e entendo que a cavalhada é um divertimento muito nobre, muito agradável, e muito útil.

– Deveras! E não me fará o favor de dizer em quê? ...

– Em quê? Em muita coisa. O senhor bem sabe que as cavalhadas não são mais do que uma imagem, um simulacro das antigas justas e torneios.

Mas esses divertimentos bárbaros, em que se derramava sangue, e que muitas vezes custavam a vida aos justadores, não podem compadecer-se com as luzes e costumes da civilização atual, e admira que, mesmo nos sanguinários tempos da média idade, fossem tolerados entre povos cristãos. A cavalhada, porém, ficou como uma imitação daquelas lutas cavalheirescas, que, não custando o sangue nem a vida a ninguém, oferece um brilhante e nobre espetáculo aos olhos do povo. A equitação é uma arte útil, necessária mesmo; ninguém o pode contestar. A cavalhada produz estímulo e emulação entre os moços para se exercerem nesta vantajosa e nobre arte, dando-lhes ocasião de alardear o seu garbo e destreza em dirigir um possante e fogoso ginete aos olhos do público, e às vezes também de uma amante querida, que do fundo do seu palanque o anima com um olhar, ou com um sorriso. Dizendo estas últimas palavras, Elias lançou furtivamente sobre Lúcia um olhar rápido.

– Triste meio de agradar às belas, fazendo papel de truão!, exclamou com uma gargalhada o jovem negociante.

– É mais nobre e cavalheiresco – retorquiu Elias – do que o namoro nos bailes e nas igrejas, que é tão comum hoje. E ainda nisto a cavalhada é uma semelhança dos antigos torneios, nos quais os campeões tinham sempre uma dama dos seus pensamentos, pela qual iam romper lanças na sanguinosa liça.

– Oh! meu senhor! Já lá se foi o tempo dos D. Quixote e das Dulcineias – disse o negociante.

– É verdade; hoje estamos no tempo dos melcatrefes e dos bonecos almiscarados; duvido que melhorássemos nesse ponto. O uso de correr cavalhadas também produziria ainda uma outra vantagem, e seria inspirar aos nossos fazendeiros o gosto pela criação de bons e bonitos animais, tendo mais capricho na escolha e apuração das raças cavalares, coisas de máxima importância, e que em nosso país se trata com o maior desleixo. A cavalaria é uma das armas mais poderosas, principalmente nas guerras da América, onde ela é indispensável, e sem bons cavalos e bons cavaleiros não pode haver boa cavalaria. Quando a arte for uma arte inútil, quando a carreira militar for uma profissão ignóbil e desprezível, então a cavalhada será um espetáculo só próprio para bobos e crianças.

– Não creia que hão de ser as cavalhadas, que se correm de anos em anos, quando se correm, que nos hão de dar bons cavaleiros, nem bons cavalos. Infelizes de nós, se não houvesse outros meios de obtê-los, como as escolas de equitação, as corridas de parelhas...

– Mas onde está nada disso entre nós? As escolas de equitação seriam úteis, sem dúvida; mas as cavalhadas e todos os espetáculos equestres seriam um complemento delas, porque estimulariam os moços a se exercerem nessa arte oferecendo-lhes ocasião de exibirem em público sua agilidade e galhardia. Ninguém frequentaria as escolas de música ou de qualquer outra arte agradável, se não houvesse ocasião de apresentar em público, em ocasiões solenes como nas igrejas e nos teatros, seu talento e maestria. Para nós, porém, que desde a infância andamos a cavalo, essas escolas são muito dispensáveis, e mesmo sem elas sabemos, não só governar, como domar e doutrinar os mais fogosos animais, e quando é ocasião de nos apresentarmos em público; em breve o senhor poderá julgar se somos ou não bons cavaleiros.

Ah! pelo que vejo, o senhor também é um dos corredores da cavalhada? Nesse caso peço-lhe mil perdões pelo que tenho dito; mas, meu amigo, a falar-lhe com franqueza, não lhe invejo o gosto.

– Embora! ... O senhor acha ridícula a cavalhada; mas, pergunto eu, qual será mais ridículo, uma cavalhada ou um baile? Quem se presta mais ao debique público: aquele que dirige e sopeia um generoso corcel no meio da liça, sopesando uma lança ou brandindo uma espada, ou aquele que ao lado de uma dama arrasta os pés em um salão, fazendo mesuras, trejeitos e requebros? Qual será a prenda mais útil e mais nobre, a dança ou a equitação? Qual será mais proveitoso ao país, um bom dançarino ou um bom cavaleiro?

O negociante sentiu-se algum tanto desconcertado com as calorosas tiradas do jovem sertanejo em defesa das cavalhadas, e que eram interrompidas continuamente pelos aplausos e animadores apartes do Major. Lúcia, que não supunha Elias tão instruído e bem falante, o escutava com íntima satisfação e aplaudia, ora com um gesto, ora com um sorriso.

– Seja como quiser, meu caro senhor – disse o negociante. – Não sabia que era cavaleiro e tão entusiasta; agora que o sei, não me animo mais a contrariá-lo. Fique cada um com sua opinião que não vale a pena questionar sobre semelhante coisa.

E, dirigindo-se ao Major, mudou bruscamente de conversação.

No entanto, Elias teve ocasião de dirigir timidamente a Lúcia algumas palavras sem importância, só pelo prazer de falar com ela e de lhe ouvir a voz. Por fim sempre se animou a pedir permisão para oferecer-lhe a primeira argolinha que tirasse nas corridas do primeiro dia.

No dia 7 houve pela manhã a missa cantada, o Te-Deum e a parada de costume. Tudo era farda: no meio daquela multidão de uniformes, os homens vestidos à paisana formavam uma minoria imperceptível. As famílias que queriam ir à igreja eram conduzidas pelas crianças e escravas, pois os pais e os irmãos adultos por via de regra estavam debaixo de forma. Assistindo-se aos festejos de gala nas vilas do interior, dir-se-ia que não há povo mais militarizado que o nosso. Entretanto, não há povo mais essencialmente pacífico, menos propenso à carreira das armas.

A lei lhe impõe o dever de envergar uma farda e entrar em forma em certos dias do ano, e eis em que consiste o militarismo a missão única da guarda nacional.

À tarde tiveram lugar as cavalhadas.

Às três horas, já os palanques toldados de colchas de cores brilhantes estavam atulhados de famílias. Por baixo e em torno deles formigava remoinhando uma multidão inquieta, esperando com impaciência o começo do espetáculo.

Por fim o estouro das girândolas e o repique dos sinos deram sinal da vinda dos cavaleiros.

Daí um instante estes, divididos em duas turmas de dez cada uma, entraram na arena a galope por lados opostos, montados em lindos ginetes ricamente ajaezados e enfeitados de fitas e européis, penachos e ressoantes guizos, e meneando as lanças ornadas de compridas fitas. Não traziam máscara, nem estavam trajados a caráter, como é costume em algumas partes; mas, segundo o uso do sertão, traziam uniforme militar à moda do tempo, cada um a seu talante e com primor e riqueza que podia. Uma das turmas, porém, trazia farda azul, e outra escarlate, figurando aquela os cristãos, e esta os mouros.

Depois de fazerem diversas evoluções, postaram-se as duas turmas em fila defronte uma da outra nas extremidades do circo. Cada cavaleiro tinha o seu pajem da lança a pé, conduzindo pela rédea mais um cavalo à destra.

É escusado descrever todas as evoluções das corridas, porque suponho que os leitores pela maior parte têm assistido a este divertimento, se bem que este hoje vá caindo em completo desuso e esquecimento.

Elias era o segundo da fila dos mouros, e logo na primeira corrida ia sendo vítima de um infeliz contratempo. Seu cavalo nimiamente fogoso e pouco acostumado ao estrondo da música e da foguetaria, desgovernou-se, e era quase impossível ao cavaleiro faze-lo trilhar a linha marcada. Corria ou antes corcoveava à direita e à esquerda, como um poldro bravio. Elias exasperado o castigava rigorosamente. O cavalo falseou de uma das mãos, e caiu de peito em terra. Elias saltou fora dos arreios; o cavalo levantou-se imediatamente; mas uma roseta da espora tendo se embaraçado no selim, Elias caiu e foi arrastado pelo circo umas dez braças no maior perigo do mundo.

– Jesus! Maria! Misericórdia! – foi o grito de alarme, que ressoou por todos os palanques.

Mas Elias se desvencilhara, e estava prestes a montar de novo; mas seus companheiros não queriam consentir; ele porém insistiu vivamente até que um pajem, vindo a toda pressa do palanque do Major, veio pedir-lhe por parte deste e de sua filha Lúcia que não corresse mais naquele cavalo.

– Sinhazinha teve tamanho susto, que ficou fora de si, e quase caiu – disse o pajem.

Ao saber que Lúcia tinha desmaiado, Elias teve ímpetos de matar ali mesmo o cavalo a lançadas e correr aos braços dela; mas ao mesmo tempo não podia deixar de abençoar do íntimo d'alma aquele incidente, que viera revelar de modo tão positivo o grau de interesse que inspirava à jovem e gentil roceira.

O jovem fluminense, que nunca largava a companhia do Major, estava em seu palanque.

– Oh! minha senhora – exclamou ele com certo despeito ao ver o susto e inquietação de Lúcia – não vale a pena tomar tanto cuidado pelo pobre rapaz. Deixa-o; está no seu torneio; e, se aqui não se quebram lanças, nem rompem-se couraças em honra das amantes, ao menos quebram-se as costelas no chão. É resultado do entusiasmo cavalheiresco.

Lúcia apenas respondeu com um olhar de desprezo.

Elias mudara os arreios para outro cavalo e as corridas continuaram. Ele ostentou-se sempre o mais garboso e mais hábil cavaleiro.

Chegou a hora da corrida de cabeças.

São cabeças de papelão colocadas sobre quatro postes nos cantos, e uma quinta no meio da arena. Os cavaleiros, volteando a arena a galope, cada um por sua vez tem de enfiá-las na ponta da espada; é este último passo o mais difícil, e em que poucos são felizes.

Elias, quando largou a lança, tinha nela enfiadas todas as quatro cabeças. Depois em vez de desembainhar a espada como os outros, viram-no abrir alguns botões da farda, tirar do seio um curto punhal, e dependurando-se dos arreios com a presteza e agilidade de um gaúcho, quase sumir-se debaixo do cavalo, e depois reaparecer com a cabeça cravada na ponta do punhal. Os aplausos e os foguetes retumbaram por todos os lados.

– Ah! Meu Deus! – exclamou Lúcia involuntariamente e cobrindo os olhos com o lenço ao ver o moço naquela arriscada posição.

– Não se assuste, minha senhora – acudiu o fluminense – o rapaz está em seu elemento; é um excelente artista. No circo equestre do Bartolomeu este rapaz podia fazer fortuna.

Chegou por fim o momento de correr à argolinha, que é de todos os exercícios da cavalhada o mais difícil.

Os cavaleiros de ambas as turmas se reúnem de um só lado. Em frente deles, na outra extremidade, está pendurada a um cordão, preso a dois altos postes, uma argola de metal de uma polegada de diâmetro. Os cavaleiros, cada um por sua vez saindo a galope da fileira, têm de tentar enfiá-la na ponta da lança.

Quando chegou a sua vez, Elias tinha montado de novo o fogoso rosilho; quando deram fé, já era tarde para estorvá-lo. O cavalo saiu aos trancos, num galope áspero e descompassado; mas a despeito disso, quando Elias passou entre os postes, a argolinha tinha desaparecido do cordão. Como é de estilo, dois cavaleiros vieram escoltá-lo, e ele, ao som de aplausos, músicas e foguetes, dirigiu-se ao palanque de Lúcia. Esta, com o mais amável dos sorrisos nos lábios e com mão trêmula de emoção, na forma do costume, atou-lhe na ponta da lança um molho de largas e compridas fitas, e ele volteou de novo a arena a toque de música e estouros de foguetaria. Era o herói da festa.

Seguiu-se a embaixada. Um parlamentar, montado em um formoso e bem doutrinado ginete, saiu caracolando, dançando, pinoteando para o meio da arena, e em um discurso bombástico no estilo do Carlos Magno, intimou por parte do rei dos cristãos ao chefe dos infiéis que se rendesse à discrição, etc. Mas o turco descrido não está por isso, e com a mais despejada arrogância jura por Mafoma que se não renderá e desafia a cólera do cristão vencedor. Então há a corrida desordenada. Os cavaleiros cristãos em massa investem sobre os turcos, os quais não podendo sustentar o choque, correm atropeladamente pelo circo, uns para aqui, outros para acolá, sempre perseguidos pelos cristãos. Enfim os mouros, vendo-se apanhados, põem rapidamente o pé em terra e, largando seus cavalos, correm a procurar refúgio e padrinho cada qual em um palanque de sua escolha, e assim aqueles perros infiéis, abrigados cada um aos pés de uma beleza cristã, de cujas mãos querem receber o batismo, ficam inteiramente a salvo da sanha dos perseguidores.

Elias, que era mouro, atracou-se logo ao palanque do Major, e foi apadrinhar-se com Lúcia. Esta com alegre alvoroço e quase pensando, em sua imaginação infantil, que aquilo era uma realidade, adiantou-se sorrindo a dar a mão ao cavaleiro, como é costume nessas ocasiões, este foi convidado a jantar em casa de sua madrinha.

Assim passou-se alegremente o primeiro dia de festa. Os outros dois, que se seguiram, correram igualmente animados e folgaram sem incidente algum, cabendo sempre a Elias as honras do dia nas cavalhadas.

III

Na roça

Festas acabadas, músicos a pé. Por vir muito a pêlo, cai-me agora do bico da pena este anexim popular.

Acabada a festa, tudo caiu na tristeza e monotonia, não direi ordinária, porém muito pior ainda, pois contrastava horrivelmente com a alegria e festivo alvoroço dos dias que acabavam de escoar-se, e dos quais somente restavam as saudades.

Elias, de garboso e brilhante cavaleiro que era, passou a não ser mais que mero peão, isto é, voltou à sua condição de moço pobre e sem posição.

O Major teve de demorar-se alguns dias ainda na vila. Elias durante esse tempo não deixou passar um dia sem ir à sua casa; era, porém, muito maior a frequência de seu rival, cuja importuna assiduidade já escandalizava os olhos do público. Lúcia raras vezes lhe aparecia, e só quando era chamada por seu pai. Outro tanto não praticava com Elias, a quem vinha sempre cumprimentar com ar modesto, mas com as faces incendiadas em certo rubor, que significava muito. Este procedimento enchia de despeito e feria dolorosamente o amor-próprio do negociante:

– Sempre é da roça! – dizia ele com seus botões para desabafar seu desgosto. – Estas matutas são assim mesmo; parece que têm medo dos homens de certa classe e de certa educação mais elevada, e só se ligam com os da sua ralé. Quando lhes aparece em casa alguma pessoa mais bem trajada e de maneiras mais polidas apenas animam-se a espiar por trás das portas... Mas esta moça... julguei que tivesse um bocadito mais de espírito... qual! É como as outras, ou pior. Lá se avenha ela com o palerma do seu cavaleiro andante. Lê com lê, crê com crê. Admira que o bobo do Major não perceba certas coisas e não veja que aquele lorpa lhe anda fazendo corte à filha. Queira Deus que dali não saia alguma alhada! Muito me hei de divertir com isso.

Falando assim, porém, o nosso negociante nem por isso estava desanimado, nem abandonava o campo. Sabia que o rapaz não era do lugar, e tinha de ir-se embora. Mesmo que não fosse, estava firmemente convencido de que o Major, homem de fortuna, jamais se resolveria a dar sua filha a um pobre diabo, que não tinha onde cair morto, só porque sabia correr cavalhadas. Assim pensava, e guardava-se para melhores tempos.

Elias, que viera de Uberaba expressamente para tomar parte nas cavalhadas, – pois tinha bem merecida nomeada de bom cavaleiro por todos aqueles sertões – Elias viera recomendado ao Major por pessoas importantes daquela localidade, e portanto a sua assiduidade em casa deste tinha explicação muito natural, e o Major estava longe de presumir que o moço tivesse a veleidade de pôr os olhos apaixonados em sua filha. Estulto e cego, que pensava que o amor calcula as dificuldades e mede as distâncias das posições, e que não via que aquelas duas criaturas eram próprias para se inspirarem mútuo e ardente amor!

Mas, ai deles! aproximava-se o tempo de se separarem, e esta lembrança os enchia de angústia e melancolia. Viram-se, amaram-se e sabiam que eram amados; mas nunca, por uma palavra que fosse, tinham confessado um ao outro aquele sentimento, e agora iam separar-se sem um adeus, um aperto de mão, um protesto, que os confortasse naquela longa, e quem sabe se eterna separação.

Elias andava excogitando um meio de despedir-se de Lúcia e protestar-lhe seu eterno amor, quando o Major o veio tirar desse embaraço e encher da mais viva alegria. O Major tomara simpatia e afeição pelo jovem uberabense, e, como lhe era recomendado por pessoas a quem não podia deixar de servir, o convidou para sua fazenda, onde, dizia o Major, teria muito em que empregá-lo, até que pudesse procurar melhor arranjo.

Faça-se ideia do prazer e ufania com que Elias partiu, atravessando a vila ao lado da sua amada, montado no próprio rosilho em que tantas brilhaturas fizera nas cavalhadas.

Instalado na fazenda do Major, Elias foi ali tratado com afetuosa bondade, como se fora um membro da família. Era o escriturário, ou antes secretário particular do Major, e posto que a escrituração de um fazendeiro do sertão seja quase que nenhuma, todavia o pai de Lúcia, na sua qualidade de Major de estado-maior e ocupando um cargo de polícia, que raras vezes exercia, tinha vários ofícios a fazer e a responder, e não deixava de tirar proveito da boa letra e das luzes de Elias.

Elias era também excelente músico: tocava diversos instrumentos, tinha um boa voz, e toas as noites divertia os serões da família cantando modinhas e cançonetas, acompanhando-se com uma viola, único instrumento que havia em casa. Portanto, além de gentil cavaleiro, Elias era também insigne trovador. Tudo isto reunido a alguma instrução e a uma conversação agradável, tornava a sua companhia sempre amável e desejada. Assim, quando acontecia ausentar-se por alguns dias em algumas comissões, de que às vezes o Major o encarregava, sua falta era muito sentida no seio daquela pequena e respeitável família.

Lúcia e sua irmã mostravam muita vontade de aprender um pouco de música. tendo um tão bom mestre em casa, o pai não pôde deixar de condescender com os desejos de suas filhas, e encarregou a Elias de, nas horas vagas, dar-lhes algumas lições.

Todos os dias, pois, em horas indeterminadas, via-se Elias, na espaçosa varanda, assentado em um comprido e antigo banco de cedro entre as duas meninas, debaixo das vistas do Major, bem entendido, ocupado em ensinar-lhes os rudimentos de música e a dar-lhes lições de solfejo. A perspectiva que tinham em frente era magnífica: a vista se perdia por vastas e risonhas Campinas e remotos horizontes, banhados pela luz de um sol esplêndido. E por entre a algazarra dos melros, pintassilgos e patativas, que chilravam em torno da casa, e os gorjeios cadenciados do sabiá que cantava ao longe, ouviam-se os ensaios tímidos daquelas duas vozes infantis. Era de sobejo para encantar e exaltar a imaginação impressionável do mancebo, que nessas horas de doce ocupação esquecia-se de si, de sua pobreza, do seu futuro, para se entregar ao enlevo do mais puro e do mais ideal dos amores. As duas alunas também, por sua parte, e principalmente Lúcia, tinham aquelas horas pelas mais bem empregadas da sua vida. Mas Elias já tinha lido a "Júlia" de João Jacques Rousseau, e no meio de suas doces emoções às vezes estremecia ao lembrar-se da sorte dos dois amantes no romance do imortal filósofo de Genebra.

O contato íntimo daqueles dois corações, que pareciam criados um para o outro, acabou de abrasa-los em uma paixão enérgica e profunda, dessas que não se extinguem senão com a vida. No seio da solidão as paixões tomam maior vulto e se enraízam mais na alma, do que no meio do bulício e das distrações do mundo. A alma solitária é como a fonte do deserto, resguardada dos ventos, que no regaço límpido e imóvel guarda fielmente a imagem do arvoredo que a sombreia.

Lúcia e Elias amavam-se; todavia nem uma só palavra de amor lhes havia ainda escapado dos lábios; os olhares e os sorrisos diziam tudo; eles sabiam muito bem que se amavam, e era quanto bastava para sua felicidade. Como dois cisnes, deixavam-se levar descuidosamente pela torrente plácida e voluptuosa das emoções presentes, sem se lembrarem que mais além podiam ser arrastados e despedaçados por furiosas cachoeiras, ou engolidos em trevos sorvedouros.

Elias suspirava por uma ocasião de poder estar a sós com Lúcia, e de declarar-lhe de viva voz o seu amor; mas essa ocasião por si mesma não podia oferecer-se. Todos os dias tomava a firme resolução de pedir furtivamente à moça uma entrevista, cujo lugar e hora já tinha premeditado. Mas, quando era ocasião de falar-lhe, um invencível acanhamento como que lhe paralisava a língua; receava profanar com aquele pedido a pureza Angélica daquela criatura.

Um dia enfim revestiu-se de ânimo a superar os seus escrúpulos.

– Ah! Se eu um dia pudesse falar sem testemunhas, e revelar-lhe tudo quanto sinto! – disse ele baixinho a Lúcia numa ocasião em que o pai se ausentara por um momento.

– Mas... isso... não pode ser, – murmurou Lúcia com voz breve e decisiva, mas cobrindo-se de tal vermelhidão, que se teria traído completamente, se ali houvesse olhos perspicazes e perscrutadores.

– Talvez possa – continuou Elias sorrindo. – sei que a senhora passa às vezes horas inteiras sozinha na fonte do quintal. Ficará muito assustada, se eu um dia lá aparecer?

– Sem dúvida! ... não; não vá; senão, nunca mais lá voltarei.

– Nada receie; eu a respeitarei tanto ou mais do que se estivéssemos aqui, em presença de seu pai.

– Não vá, não... tenho medo. Agora nunca mais irei lá sozinha.

– Perdão, minha senhora! Não lhe teria feito este pedido, se soubesse que me tinha tanta aversão.

– Aversão! ...

Os tamancos do Major, ressoando no soalho, anunciavam a sua volta, e impuseram silêncio aos dois amantes.

No primeiro dia que se seguiu a este colóquio, Lúcia cumpriu restritamente a ameaça que fizera de não voltar mais à fonte; mas só Deus sabe quanto isto lhe custou. No segundo dia foi, porém acompanhada de sua irmã e de Joana; pensava seriamente nas consequências daquele passo, e tinha medo; mais o coração a arrastava para lá. Elias, que tudo observava com a vista perspicaz do amante, que ouvia a voz dela, sentia-lhe os passos, e quase adivinhava quando estava em casa, e que, além disso, subindo um pouco pela encosta do espigão podia atravessar o estreito trilho que embrenhando-se pelo pomar ia ter à fonte não pôde deixar de manifestar seu descontentamento não por palavras mas por seu ar triste e taciturno.

Ao terceiro dia Lúcia não pôde conter-se, tomou sua cestinha de costura e lá desceu a sentar-se à sombra no gramal da fonte. Elias bem o pressentiu; mas era já muito tarde para ter tempo e dar as voltas necessárias a fim de ocultar seus passos; e portanto lá não apareceu.

– Cumpriu a sua promessa de não ir mais à fonte? – perguntou-lhe ele no outro dia à hora da lição.

– Cumpri sim senhor; sozinha não vou lá mais.

– Entretanto se me não engano parece-me que a vi ontem descer sozinha para lá.

– Quem? A mim? O senhor viu? ...

– Sim, senhora, vi; e creio que era mesmo a senhora.

– Pode ser... à tarde faz tanto calor aqui em casa; e demais estou certa que o senhor lá não há de aparecer, não é assim?

Elias sorriu-se, e Lúcia sentiu o rubor afoguear-lhe as faces.

Elias costumava caçar pelos campos do arredor, mui abundantes em perdizes, codornizes e outras caças.

No dia seguinte, logo após o jantar, arreou seu cavalo, pegou na espingarda, chamou seu cão, e saiu. Deu longas voltas para poder, sem ser observado, entrar pelo capão que desde as cabeceiras bordejava o córrego até os fundos do quintal. Apenas se embrenhou no mato, apeou-se, atou o animal a uma árvore, e desceu costeando o córrego por estreitos trilhos feitos pelos pés do gado e de animais silvestres.

Elias contava quase com certeza encontrar Lúcia na fonte, e não se enganou. Ela já estava com efeito, não naquele doce descuido d'alma, em que a temos visto outras vezes, mas inquieta, anelante, como a corça espavorida, que cuida ouvir a cada instante o latir dos cães e as vozes do caçador.

A entrevista durou apenas alguns minutos. Elias, que tinha estudado mil frases apaixonadas, apenas disse, tomando-lhe a mão e beijando-a:

– Eis-me aqui, D. Lúcia; perdoe-me esta audácia... se soubesse quanto a amo! ...

– O senhor é bem mimoso – disse ela entre risonha e enfadada. – Não lhe tinha pedido que não viesse aqui? ...

– Bem lhe queria obedecer; mas o amor foi mais forte que eu. Vim para ouvir de seus lábios uma só palavra de que depende a minha felicidade, a minha vida. Diga-me, a senhora me tem amor? ...

Lúcia hesitou um instante, fitou os olhos no chão, e murmurou timidamente:

–Muito! ...

– Anjo! – exclamou Elias caindo a seus pés e procurando derramar em palavras de ternura o prazer que lhe transportava a alma; mas não pôde dizer mais nada. Quando o coração está cheio de felicidade, a vida toda se concentra ali, a cabeça fica erma de ideias, e a língua fica paralisada.

Mas Lúcia imediatamente o tirou daquele embaraço, dizendo-lhe com ar inquieto.

– Está satisfeito o seu desejo. Agora retire-se, retire-se quanto antes. A cada momento pode aqui chegar alguém...

E, tirando uma flor que tinha no cabelo, a entregou a Elias. Este enlaçando-lhe o braço em torno ao colo, tomou-lhe a mão e beijou-a com ardor. Foi tudo quanto ousou fazer.

– Adeus!

– Adeus!

Quando Lúcia, tendo dado alguns passos, voltou o rosto para ver ainda uma vez seu amante, avistou-o de joelhos, beijando a relva em que ela estivera reclinada. Fez-lhe vivamente aceno com a mão, para que se retirasse, e sumiu-se entre o laranjal.

Eis em que consistiu aquela entrevista tão ardentemente desejada. Parece que não valia a pena tomarem tanto trabalho, sujeitarem-se a tantos sustos e inquietações, para trocar duas palavras, dar um beijo na mão e receber uma flor. Mesmo debaixo dos tetos do Major não faltaria ocasião azada para fazerem outro tanto muito a seu salvo. mas era sempre uma entrevista, e uma entrevista tem grande importância aos olhos dos amantes, principalmente se tem lugar ao ar livre, tendo por testemunhas o céu, o bosque, a fonte. É mais uma prova de confiança mútua, uma garantia mais solene da lealdade e pureza do amor. O beijo da entrevista é o selo imposto ao contrato que liga para sempre duas almas.

Os amantes são de ordinário mui fáceis em capacitar-se de que ninguém adivinha o sentimento que lhes ocupa o coração; cegos, não se apercebem que em cada palavra, em cada gesto, em cada olhar estão traindo a todo o momento a paixão que julgam escondida nos mais íntimos seios d'alma e que entretanto lhes vai transparecendo em todo o seu ser. O Major não era dotado de grande perspicácia, nem tinha muito conhecimento do coração humano, coisa que nem em si mesmo tivera ocasião de estudar, pois nunca vivera a vida do coração. Todavia chegou a desconfiar, e em breve se convenceu da existência de uma mútua afeição entre Lúcia e o seu jovem protegido, e já bem tarde arrependeu-se de ter dado a este tão franco agasalho em sua casa. Casar sua filha com um pobretão, que além da roupa do corpo só possuía um cavalo, um cão e uma espingarda, um estranho, sem nome, sem fortuna, sem posição era coisa cuja possibilidade nem por sombra passava-lhe pelo espírito. Seu primeiro cuidado foi, portanto, atalhar logo o mal, antes que tomasse maior vulto. desde logo tratou de suprimir as lições de música. Não o fez, porém, abertamente; mas todas as vezes que era ocasião de tomar lição, achava pretexto para atrapalhá-los, inventando algum serviço urgente, ora para o mestre, ora para as discípulas. Além disso, ocupava mais que de costume a Elias em comissões e viagens, de modo que este pouco tempo parava em casa. Assim julgava ele impedir o progresso do mal, enquanto procurava ajeitar um meio suave e natural de se ver livre de tal hóspede.

Lúcia e Elias, portanto, já raras vezes se viam. Estava mais que claro que tudo aquilo era manobra do Major, que por certo já suspeitava a existência de sua recíproca afeição. Elias compreendeu que era tempo... de quê? de pedir Lúcia em casamento... não por certo. Na posição precária e quase desvalida em que se achava, não se abalançaria a dar semelhante passo; só podia esperar um não redondo, categórico e humilhante. Era tempo de dizer adeus a Lúcia, ao amor, à felicidade, e também à última esperança que lhe restava n'alma.

A persuasão de Elias ainda mais se confirmou, quando um dia o Major, com o tom mais benévolo e paternal do mundo lhe disse:

– Meu amigo, creia que lhe quero bem, e sinceramente desejo o seu adiantamento. Um moço como o senhor, que teve estudos, e tem tantas habilitações, não deve estar-se perdendo em uma roça, onde as suas prendas e habilidades de nada lhe podem servir. Em qualquer povoação que se estabeleça, pode com facilidade ganhar dinheiro e posição, ao passo que aqui, na roça, falo com franqueza de amigo, está perdendo completamente o seu tempo. De minha parte, qualquer que seja o lugar para onde deseje ir, pode contar sempre com o meu pequeno empréstimo naquilo em que lhe puder ser útil... e...

– Tem razão, Sr. Major – interrompeu vivamente Elias; V. Sª. preveniu-me em um propósito que eu já há muito tinha formado. – Vejo que aqui em sua casa sou um ente inútil e que não é à sombra de seu telhado que poderia encontrar fortuna, nem felicidade.

– Agastou-se comigo? ... não o estou mandando embora... é apenas um conselho e amigo.

– Não me agastei, Sr. Major; já lhe disse que era o meu propósito, só receava que V. Sª. o não aprovasse; agora, que sei o contrário, dê-me as suas ordens, que pretendo partir o mais breve possível.

Elias bem sabia o motivo daquele procedimento do Major, e nada tinha que lhe replicar. Era um modo polido de despedi-lo. De feito não era possível de modo mais benévolo e lisonjeiro cravar-se o punhal no coração de uma vítima. As palavras do Major caíram-lhe como rochedos sobre o coração com peso esmagador. Forçoso lhe era deixar Lúcia, talvez para sempre!

– Ah! Pobreza! Pobreza! Maldita pobreza – exclamou Elias em transportes de frenesi, entrando para o seu aposento. – Pobreza! Tu és o pior dos males que afligem a humanidade, pior que a fome, pior que a lepra, pior que a morte mesmo. De toda parte és repelida, como se fosse um mal contagioso. Além de faltarem ao pobre todas as comodidades materiais da existência, são-lhe vedados todos os prazeres do coração. O pobre não pode, não deve amar... Ah! Se eu fosse rico! ... Por que não quis a sorte, que eu possuísse um pouco de dinheiro? Mas quem me impede de o ter? Os outros, que o ganham, são porventura melhores do que eu? ... Sou moço, e, graça ao céu, tenho saúde, robustez e a inteligência necessária para saber ganhar dinheiro... A Bagagem está ali perto... é um garimpo riquíssimo... pouco custa cavar a terra, e lavar o cascalho. Major! Major! ... Tu me expeles de tua casa por ser pobre... mas, ah! Major! queira Deus que bem cedo não te arrependas do pouco caso que hoje fazes de mim, e não venhas humilhado implorar o perdão a meus pés. Major! Por ti só, tu nada vales; e esse teu vil procedimento eu o lançaria ao desprezo, sem que me custasse um só momento de sono. Mas tua filha vale um tesouro e é por ela e para ela que eu juro e protesto... serei rico, ou do contrário nem tu, nem ela, nem mais ninguém neste mundo me verá a face.

As relações entre Lúcia e Elias estavam, pois, completamente interceptadas. Há muito tempo não se viam senão à hora do jantar com a família. Este era para eles o pior dos martírios. Iam-se separar sem poderem dizer-se um adeus... Um medianeiro seria para eles naquela ocasião um presente do céu, para se comunicarem suas angústias, receios, e esperanças, se esperanças podiam ter. Só Lúcia poderia achar um meio de comunicação entre eles. Lúcia lembrou-se de Joana; era a única pessoa a quem podia incumbir de tão melindrosa tarefa. Ela sabia muito bem que a velha e matreira crioula já estava ao fato de seus amores com Elias, e portanto nada arriscava encarregando- a de um recado ou de um bilhete.

– Joana, tu hás de me fazer uma coisa!...

– Por que não, sinhazinha?... qual é essa coisa?

– Entregar-me este bilhete a.. meu mestre.

– Para que isso, minha sinhá?... esqueça-se desse moço! amanhã ele vai-se embora...

– É por isso mesmo; quero dizer-lhe adeus. Entregas?

– Eu sei!... Nhonhô sabendo não há de gostar; ele já anda ressabiado, e me recomendou que não deixasse sinhazinha andar sozinha.

– E que necessidade há de que ele saiba?... isso não faz mal; o moço tem de retirar-se e talvez nunca mais nos encontremos – disse a moça suspirando.

– Ah! sinhá! eu... não... sei...

–Vai; leva isso e cala-te. Se ele te der alguma coisa para trazer-me, entrega-me fielmente, ouviste?

– Sinhá mandou... que remédio tenho eu...

Nessa noite Elias recebia o seguinte bilhete:

"Meu pai já tem conhecimento de nosso amor, e, como bem está se vendo, não o aprova. Vejo que nossa separação é inevitável. Não posso explicar quanto tenho sofrido. Não sei o que será de mim, e nem vejo remédio para nossa desgraça. Tudo poderão fazer de mim menos arrancar-me do coração este amor que lhe consagro. Adeus, não se esqueça desta infeliz, que, aconteça o que acontecer, há de amá-lo sempre, sempre."

Na manhã seguinte Elias mandou-lhe a seguinte resposta:

"Teu pai tem dado a entender claramente que não me quer mais em sua casa. Devo deixar-te e amanhã mesmo estarei longe de ti; este golpe feriu-me cruelmente, mas não me desalenta. Sou pobre, e essa é a razão por que teu pai me despreza. Mas devia lembrar-se que seu moço, e, louvado Deus! Tenho robustez e inteligência, sei trabalhar, e amanhã posso ser rico. Adeus, Lúcia; não percas a esperança, e ama-me sempre, que para tudo há remédio. Eu vou trabalhar para me tornar digno de ti aos olhos de teu pai. O teu amor me alenta e me enche de coragem e de confiança em minha estrela. Ah! possas tu nunca faltar-me com ele! Eu parto com o coração ralado de angústia e de saudade. Terás notícias minhas... dentro em dois anos estarei de volta ou... Adeus."

No dia seguinte Elias seguindo caminho de Bagagem via sumir-se além no horizonte longínquo a fazenda do Major, e sentia como que um véu de luto abafar-lhe o coração, ao passo que aquela aprazível morada, que antes formara as delícias de Lúcia, ia Dora em diante tornar-se para ela um deserto horrendo, um exílio insuportável.

IV

O garimpo

Tinham-se passado de seis meses, depois que Elias se retirara da fazenda do Major.

As vastas e profundas selvas, no seio das quais corre ruidoso e turbulento o ribeirão da Bagagem, tinham tombado aos golpes do machado, deixando descortinada uma larga zona em uma e outra margem. No meio dos destroços da floresta viam-se dispersas em desordem as frágeis e provisórias habitações dos garimpeiros, cobertas das compridas palmas do coqueiro baguaçu. Por aquele terreno branco e selvático, onde só se esperaria encontrar o tosco sertanejo, ou o africano semi-nu, girava uma população polida e bem trajada, composta de pessoas de todas as procedências, que de remotas paragens acudiam a explorar o novo descoberto, cuja fama se espalhava muito ao longe, e ali reinava movimentação e animação como em uma grande praça comercial.

Enquanto a alavanca e o almocafre retiniam pelas grupiaras extraindo o cascalho precioso, os golpes do machado reboavam pelas florestas e de espaço a espaço um baque, estrugindo ao longo das costas, anunciava a queda de mais um tronco robusto e secular. O ronco das catadupas servia como de acompanhamento às cantigas e algazarras dos garimpeiros, que ao longo da beira do rio lavavam alegremente o esperançoso cascalho.

Era uma tarde de novembro, pura, calma e cheia de esplendores. Já todos abandonavam o trabalho, patrões e trabalhadores, e se recolhiam a seus ranchos. Começava a acalmar-se o rumor e agitação do dia, e ouvia-se já a voz do sertanejo, que assentado à porta do rancho entoava ao som da viola seus toscos cantares, cujas notas prolongadas e melancólicas iam escoando ao longe pelas ribanceiras.

Um moço de alta estatura, de olhos e barbas negras, com os braços cruzados, e o chapéu de lebre enterrado nos olhos, estava em pé junto à margem do rio, encostado a um rochedo, inspecionando com ar sombrio e preocupado o serviço de três ou quatro trabalhadores, que lavavam as últimas bateadas.

– Então, Simão? Nada ainda? – disse ele a um velho camarada, que acabava de deitar fora o cascalho de uma bateada.

– Nada por ora, meu patrão – respondeu o camarada – isto aqui não pinta; amanhã havemos de abrir outra grupiara ali mais embaixo...

– Entretanto, tu bem vês: há aqui as melhores formações: ferragem, olho-de-pomba, palha-de-arroz, cativo, nada falta; e entretanto há mais de dois meses que aqui estamos trabalhando e nos devemos dar por felizes se o serviço tem dado para salvar a metade das despesas. O diabo que as leve as tais formações ou informações; não as entendo; isto é uma burla. Acho que se fossemos plantar batatas faríamos melhor negócio. Anda, Simão; quebra essas bateias, atira ao rio esses almocafres, e vamo-nos embora para nosso país. É escusado andar procurando no seio da terra o que lá não guardamos.

– Tenha paciência, meu patrão – respondeu o camarada. – Dê-nos ainda um pequeno serviço amanhã... ali, ali mais embaixo, patrão, e eu que não me chame Simão, se a coisa ali não pintar. Tenha fé e reza a Nossa Senhora, e verá se amanhã ou depois o diamante graúdo não vem aluminar no fundo da bateia.

– Histórias! Meu Simão; todos os dias me dizes isso e o resultado é sempre o que estamos vendo.

– Mais dois dias só, patrão; e eu que seja enforcado, se não acharmos coisa que sirva.

– Não creias nisso, Simão; a sorte me persegue; tenho de ser pobre e desgraçado toda a minha vida – murmurou o moço no tom do mais profundo desalento.

– Não desanime assim, patrão; não se lembra mais da cigana, que leu a sua sina, e disse que a sua estrela é de pedra...

– Sim, e é de pedra mesmo, ou mais dura do que pedra. O diabo leve quanta cigana há neste mundo, e todas as suas predições.

Nisto os trabalhadores puseram tristemente os seus almocafres ao ombro, pegaram em suas bateias, e se retiraram. Elias e Simão ficaram ainda.

Simão era um velho e magro, mas robusto e bem constituído, de cor bronzeada, e que parecia ser de raça mista de índio e africano. Desde menino fora camarada do pai de Elias, ao qual sempre servira com a maior dedicação e lealdade. O pai de Elias também o estimava e queria como a um verdadeiro amigo, e tendo falecido há quatro ou cinco anos sem poder deixar àquele seu único filho outra herança mais do que uma excelente educação, que infelizmente não pôde concluir, em seus últimos momentos rogou ao velho caboclo, que acompanhasse sempre, que nunca abandonasse a seu filho, que ficava com 17 a 18 anos de idade.

Não era preciso que o velho o rogasse; Simão nunca abandonaria o jovem patrão, a quem na infância carregara nos braços e a quem votava afeição de pai.

Simão era garimpeiro mestre, muito conhecedor de terrenos diamantinos, de que tinha adquirido grande prática na Diamantina, de onde seu defunto patrão e ele mesmo eram naturais, e onde tinham residido nos primeiros tempos de sua vida.

Simão era verdadeiramente um habilíssimo garimpeiro, e parecia que farejava o diamante; mas, infelizmente para o seu jovem amo, para quem somente trabalhava, e para quem desejaria descobrir um tesouro, a sua grande habilidade tinha ficado sempre em falta, o que sumamente o afligia; mas nem assim desesperava.

– É aqui mesmo na Bagagem, meu amo, dizia-lhe ele às vezes, é neste chão mesmo que está enterrada a sua estrela de pedra.

Quando Elias foi para o Patrocínio correr cavalhadas, Simão que vinha com ele, quis ficar na Bagagem.

– Já que estou aqui, patrão, vou ver se acho a sua estrela de pedra. Também o patrão não vai para longe; se precisar de mim, é um pulo. Compre um pedacinho de grupiara, e deixe-me trabalhar,

– Ah! Meu velho Simão – exclamou o moço, logo que os outros se retiraram – estou perdido! estou desesperado! não sei o que faça.

– Garimpar, patrão, garimpar! não desanime tão depressa; joguemos a última cartada.

– Mas, Simão, se isto continuar assim, e continua, estou certo, em breve não terei mais com que pagar as poucas praças que tenho no serviço.

– Não importa, patrão; pode mandá-los embora; eu sozinho trabalharei. Quando se tem de ser feliz, tanto vale ter uma como dez ou cem praças; e não sei porque é, tenho mais fé quando trabalho sozinho.

– Trabalha para ti, meu pobre Simão; estás velho, precisas guardar alguma coisa para quando não puderes mais trabalhar. Eu mesmo, infeliz de mim! não sei se te poderei valer em tempo algum. Deixa-me entregue à minha má ventura; é loucura lutar contra o destino... ah! Lúcia... Lúcia... nunca mais te verei!

E o moço pendeu a cabeça e tapou os olhos com as mãos, mergulhado em profunda tristeza.

– Pobre de meu patrão! ... o que é isso! ... tenha ânimo! quem porfia mata caça... o patrão há de ser rico, e há de casar com essa Lúcia, em que está sempre a falar. Há uma voz que sempre me diz cá dentro que o patrão há de ser rico, e há mesmo. Já fiz uma promessa a Nossa Senhora do Patrocínio, e ela nos há de valer.

– Assim te ouça ela, Simão. E eu não queria lá grandes riquezas. bastava achar neste chão uma soma qualquer para me servir de princípio; cinco contos, quatro, dois mesmo já me chegavam para servir de base a excelentes especulações. Com atividade e o pouco de inteligência que Deus me deu, eu os faria multiplicarem-se em minhas mãos em pouco tempo. A não me cair do céu, só do seio da terra eu poderia arrancar esse começo; os homens não mo dariam, e nem jamais lho iria pedir. mas este chão ingrato é como o céu, surdo a meus rogos.

– E eu, patrão, tenho fé que deste chão mesmo é que havemos de arrancar, com o favor de Deus e Maria Santíssima, não digo um princípio de riqueza, mas uma riqueza inteira.

– E entretanto há seis meses que trabalho sem descanso, e em vez de princípio, aqui vim encontrar o meu fim, a morte de todas as minhas esperanças; aqui acabei, completei a minha miséria e minha desgraça.

– Meu amo hoje está muito abatido! ... vá passear, vá girar o comércio, vamos ter uma bonita noite. Vá divertir-se.

– Não, Simão; estou muito aborrecido, não tenho desejos de ver a cara de ninguém. Se queres, podes retirar-te.

– E o patrão o que fica fazendo aqui sozinho?

– Fico a tomar fresco por um instante, estou com a cabeça a arder-me.

Já era quase noite. Elias assentou-se numa pedra, e com a cabeça entre as mãos e os cotovelos sobre os joelhos, apenas se achou só, começou a desafogar suas mágoas, falando consigo mesmo e quase chorando de desespero.

– Já lá vão seis meses, e até hoje nada! nada absolutamente. Eu teria feito melhor, sem dúvida, se tivesse aventurado o pouco que possuía em uma mesa de lansquenê. Ao menos teria ganhado ou perdido depressa e sem trabalho esse pouco que tinha, e eu seria o único trabalhador... E que me importariam diamantes e todas as riquezas do mundo, se não fosses tu, Lúcia, que me acendeste no peito uma sede de riquezas, que eu nunca sentiria se não te conhecesse! Mas tu não tens a culpa, tu, a mais bela, a mais ingênua e a mais nobre das criaturas. A culpa é de teu avaro e ignóbil pai, que põe a preço de ouro a posse de tua mão. E assim se profana vilmente, assim se vilipendia a sorte de um anjo sobre a terra. Estás calculada em ouro, e eu, desgraçado de mim! por mais que rogue ao céu, por mais que cave a terra, não posso achar esse ouro! Eu em vez de acha-lo, tenho cavado mais fundo ainda o abismo de minha miséria. Não importa! prosseguirei ainda. Já agora consome-se até às últimas a minha má sina. Já bem pouco me resta. venderei meu cavalo, meus arreios, minha faca de prata, e darei tudo ainda a devorar a este maldito garimpo, que até aqui tão desapiedadamente me tem tratado. E quando evaporar-se a última esperança... as cachoeiras deste ribeirão são fundas e escabrosas, e minhas pistolas não negam fogo...

Elias ia talvez continuar aquele triste monólogo, inspirado pelo desespero, quando um som de passadas que se avizinhavam o fizeram levantar subitamente o rosto. Era um homem algum tanto idoso e bem trajado e de agradável presença, que a passos vagarosos se encaminhava para ele.

– Perdão – disse o desconhecido cumprimentando – Perdão, se o vim indiscretamente perturbar em suas tristes reflexões, e se, sem o querer, entrei no segredo de sua desgraça...

– Ah! o senhor ouvia-me? ...

– Sim, senhor; mas sem o querer; espero que me desculpará...

– Sem dúvida; nem posso levar a mal o acaso que aqui o trouxe a ponto de ouvir as minhas loucuras. Demais a minha infelicidade, ainda que eu o queira, daqui em diante não poderá ser um segredo.

– Todavia não deixei de ser por demais curioso, eu o confesso. Eu estava ali entre aquelas burras apanhando algumas formações do cascalho e examinando-as, e ouvi tudo. Devia-me retirar, é verdade, mas o que ia ouvindo começou a interessar-me por tal sorte, que como a pesar meu fiquei pregado a escutá-lo. Mas pode ficar certo que o interesse que me inspirou, e não uma vã curiosidade, aqui me traz para junto do senhor, e que suas palavras caíram em ouvidos de quem sabe respeitar segredos e as mágoas alheias.

– Não tenho disso a menor dúvida, e muito folgo de ter esta ocasião de travar conhecimento com um homem que, segundo todas as aparências, é digno de toda a estima e respeito. Só lhe peço que não dê importância alguma às loucuras que eu estava dizendo: estava desabafando minhas mágoas com estes rochedos; são delírios da imaginação de um homem a quem a fortuna persegue.

– Perdão: eu sou mais velho, tenho também sofrido muito, e portanto me desculpará se lhe falo com uma franqueza algum tanto rude. É uma vergonha para um moço, como o senhor, ainda na flor dos anos, e que, ao que parece, tem bastante inteligência e atividade, deixar-se assim abater covardemente ao primeiro golpe da adversidade...

–Mas ah! Se o senhor soubesse as circunstâncias fatais em que me acho! Não é a falta de fortuna que eu lamento...

– Já sei; desculpe-me interrompe-lo; eu ouvi tudo, e nem assim acho justificação ao seu desalento. O senhor ama uma rapariga, não é assim? e é por amor dela que deseja adquirir alguma fortuna. É mais um motivo para querer viver e prosseguir em novos e perseverantes esforços para adquirir uma posição brilhante em que possa fazer a felicidade sua e dela. Deve ser bem fraco esse amor que sucumbe logo diante da primeira dificuldade, que não sabe lutar contra a adversidade e ao primeiro contratempo, julgando tudo perdido, só acha refúgio no suicídio, sem se lembrar que com esse procedimento pusilânime vai encher de luto e desesperação o coração de sua amante. Se todos assim procedessem, recuando, logo desde as primeiras tentativas, quase ninguém no mundo lograria seus intentos, quase ninguém alcançaria as riquezas, as honras e a felicidade.

–Mas que posso eu fazer? ... atirei-me num abismo sem saída, e no qual devo ficar para sempre sepultado.

- Pois a sua inteligência, servida por dois braços juvenis e vigorosos, não lhe poderá abrir um caminho para sair desse abismo, que eu creio que só existe na sua imaginação? Admira que um homem, na sua idade e com tão boas disposições, tenha tão pouca fé no seu futuro, e tão pouca confiança nos homens!

Elias nada tinha que replicar às justas e severas reflexões daquele desconhecido, cujo exterior e cujas palavras sisudas logo à primeira vista inspiravam a um tempo respeito e simpatia, e esperava com ansiosa curiosidade o resultado daquela singular entrevista, que o acaso lhe preparava em tal ocasião com um homem que nunca tinha visto.

– Saiba, porém – continuou o desconhecido – que não vim aqui só no intuito de animá-lo e dar-lhe conselhos. Quero abrir-lhe, se puder ser, o caminho para desvia-lo desse abismo em que ainda não caiu, como supõe, mas em que o desespero o ia precipitar. venho fazer-lhe uma proposta; estará disposto a aceitá-la?

– Fale, senhor; qual é ela? estou bem certo que não me proporá nada que não seja para meu benefício.

– E é sem dúvida alguma. Em primeiro lugar entendo que este descoberto da Bagagem não pode oferecer vantagem nenhuma a quem com pequenos capitais quer tentar um começo de fortuna. É um garimpo falaz e traiçoeiro. Sou da Bahia, e garimpeiro também; vim aqui examinar este novo descoberto, de que se me contavam maravilhas; vejo o contrário, e posso falar com pleno conhecimento de causa. Há, aqui, na verdade, e têm-se extraído grandes e magníficos diamantes, como não há em outros garimpos. Mas esses não chegam a todos e o seu aparecimento mesmo é um engodo perigoso, que só serve para arruinar milhares de garimpeiros, e somente felicita a um ou outro filho predileto da fortuna. Pode-se dizer que esta terra, e o senhor é um exemplo, vinga-se cruelmente daqueles que lhe rasgam o seio. Não acontece o mesmo no Sincorá; ali o diamante é negócio que pode chegar a todos, e qualquer moço ativo e inteligente acha ali meios seguros de fazer em pouco tempo alguma fortuna.

– Tudo isso pode ser, observou Elias; mas para subir a grandes alturas, é preciso pôr o pé nos primeiros degraus e esses me faltam.

– Isto lá é verdade; mas tenha paciência; escute-me ainda um instante. Tenho lá no Sincorá muitas lavras que comprei por baixo preço, mas que informam muito bem; estão em abandono por me faltar uma pessoa de confiança que possa pôr à testa do serviço, e meus negócios não me deixam tempo para ficar ali preso à cola dos bateeiros, como é indispensável. O senhor inspirou-me confiança e simpatia desde a primeira vez que o vi; pois saiba que não é esta a primeira, e tenho ouvido fazerem-lhe por toda parte ausências as mais honrosas. A sua infelicidade, de cujo segredo por um singular acaso agora estou de posse, acabou de inspirar-me um decidido interesse pela sua sorte. Se quiser, pois, ir administrar o serviço dessas lavras, lhe darei sociedade com lucro razoável no produto delas, e fora disso também sempre me achará pronto a valer-lhe com o meu pequeno préstimo. Creia que não tenho interesse nenhum em enganá-lo; posso ser-lhe útil e desejo sinceramente dar-lhe a mão. Por estes dias tenho de voltar para o Sincorá. Agora resolva-se. Aceita os meus oferecimentos? quer ir comigo? ...

O partido é excelente, pensou consigo Elias. Mas para o Sincorá! ... para tão longe de minha Lúcia! ... não sei se terei ânimo.

– A sua proposta é a mais vantajosa possível – respondeu Elias depois de um breve silêncio – e não tenho palavras para exprimir a minha gratidão por esse seu generoso procedimento para com um estranho, que mal conhece, fundado apenas em uma vaga simpatia e em uma reputação, que bem podia não ser merecida. Todavia o acaso merece que se reflita um pouco, e não posso já e de pronto resolver-me. Amanhã, se lhe aprouver, lhe darei a resposta. Onde e a que horas o poderei encontrar?

– Amanhã ao meio-dia, naquele rancho de telha, que lá se avista do outro lado do rio entre dois baguaçus... está vendo? ...

– Estou... já sei; amanhã ao meio-dia lá estarei.

– Pois bem! ... vá dormir sobre o caso; boa-noite.

– Boa-noite.

Já ia escurecendo. Elias encaminhou-se vagarosamente para o seu rancho, onde foi, não dormir, mas velar sobre o caso.

Elias não teve muito que pensar para tomar resolução definitiva. O inesperado da proposta e a ideia da distância que o ia separar de sua querida Lúcia o espantaram a princípio. Mas entre a possibilidade de uma fortuna e a situação desesperada em que se via na Bagagem, não havia que hesitar. Quanto à distância, por ventura ali mesmo a algumas léguas apenas da fazenda do Major, não estava ele tão separado dela, como se estivesse no fim do mundo? e porventura não o separava dela também um abismo pior que todas as distâncias, a pobreza? e não era esse abismo, que ia procurar encher e superar, indo para bem longe? amá-lo-ia mais, ser-lhe-ia ela mais fiel, estando ele perto?

Tendo-se, pois, resolvido definitivamente, comunicou sua intenção e contou a ventura da tarde a seu velho camarada, que assentado ao pé do fogo aceso no meio do rancho, fumava tranquilamente o seu cachimbo.

– Então Vmcê vai-me deixar, patrão? – disse o velho, fitando em Elias olhos lastimosos.

– Como assim? pois tu não me acompanhas?

– Eu! ... para tão longe? ... ah! meu patrão! pudesse eu... mas já estou velho e mofino; essas viagens já não são para mim... que necessidade tenho eu de ir largar os ossos lá tão longe?

– Mas nesse caso, meu bom Simão, também não vou.

– E por que não, meu patrão?

– Como hei de deixar-te aqui sozinho e desamparado!

– Não lhe dê isso cuidado. Ainda sei trabalhar. Deus é de misericórdia, e nunca há de faltar a este pobre velho um prato de feijão e um ranchinho em que durma. Já que é para seu bem, vá, meu patrão; Vmcê não deve perder um lance de fortuna, que vem mesmo agora a talho de foice, por amor de um velho camarada, que já não é tão criança que não possa sair sozinho pelo mundo, e eu, a dizer a verdade, mais lhe iria servir de peso que de outra coisa.

– Contudo, Simão, não tenho ânimo de deixar-te assim. Se adoeceres...

– Não banze com isso. tenho por aqui muito conhecimento, e muito patrão bom, que há de ter dó de mim. Vá, patrão, e N. S. do Patrocínio permita que seja para bem. No entanto, cá para mim, a minha fé é mesmo com este garimpo daqui. É deste chão que nós havemos de um dia arrancar a sua estrela de pedra.

– Não creias tal, Simão, deste chão só podem brotar espinhos para mim e urtigas, lágrimas e misérias.

– Está bem! ... um dia Vmcê se há de desenganar; bote sentido no que estou dizendo. Vá para o seu Sincorá, e N. S. da Guia que lhe acompanhe. Vá procurar sua estrela de pedra lá por esse mundo de meu Deus, e deixe-me cá ficar procurando ela por aqui mesmo. Havemos de ver quem acha primeiro.

Elias nenhuma importância ligava àqueles pressentimentos do pobre Simão. Era simplicidade ou caduquice de seu velho camarada. Depois de conversarem mais algum tempo sobre sua próxima separação, ambos adormeceram: o camarada sobre um couro ao pé do fogo, e o patrão sobre sua pobre cama estendida sobre um girau a um canto do rancho.

Daí a alguns dias Elias abraçou chorando seu velho camarada, era o único amigo que deixava na Bagagem! deu-lhe todo o dinheiro que inda lhe restava, e, tirando uma carta da algibeira, entregou-lhe dizendo:

– Esta carta é para Lúcia, Simão; tu mesmo a irás levar em sua casa na fazenda do Major; é um último favor que quero te merecer. Ninguém lá te conhece, pedirás pousada, e é impossível que despertes a menor suspeita. Lá procurarás entregá-la ocultamente a uma velha escrava por nome Joana, que a levará fielmente às mãos de Lúcia.

– Vá sossegado, patrão; a carta há de ser entregue.

A carta de Elias era assim:

"Já lá vão seis meses que nos separamos e que me acho aqui na Bagagem, onde a fortuna me não sorriu. Manda-me agora destino que eu vá tentá-la bem longe daqui, porém com muito melhores esperanças. Parto hoje para o Sincorá. Não te assustes, minha querida, com a distância que vai separar-nos. Em qualquer parte que eu vá, te amarei sempre com o mesmo ardor e lealdade. Falta-me ainda ano e meio para cumprir o meu fadário. mas não esmoreçamos; conserva-me fiel e puro o teu amor, tua confiança no futuro e na Providência, e o céu nos protegerá. Adeus, até o prazo marcado. "

Daí a um instante Elias, em companhia de seu protetor, partia para o Sincorá.

V

O baiano

Já perto de dois anos eram passados, depois que Elias descoroçoado de encontrar no solo da Bagagem ao menos os elementos de uma riqueza, que se tornara condição indispensável para sua felicidade, ralado de saudades e com o espírito oscilando entre as mais sinistras apreensões e as mais lisonjeiras esperanças, partira para longes terras em busca de fortuna, fiado na proteção de um homem que lhe era inteiramente desconhecido, abandonando seu destino à mercê da fatalidade.

A Bagagem já então apresentava o aspecto de uma povoação nascente, cheia de comércio, vida e animação, como são em seu começo todos os descobertos diamantinos. Já não eram simplesmente os toscos ranchos cobertos de baguaçu espalhados em desordem ao longo das margens do rio. Por entre eles alvejavam já não raras algumas casas caiadas e envidraçadas, como garças pousadas entre um bando de pardacentas pombas silvestres.

Algumas ruas menos irregulares se iam formando, e nelas viam-se já bonitas e bem sortidas lojas e casas de negócio de toda a espécie.

A Bagagem contava em seu seio talvez vinte mil almas à custa dos municípios vizinhos, que ficaram despovoados. Quase todo o Patrocínio, o Araxá, grande parte do Piracatu e Uberaba tinham-se mudado para as matas da Bagagem.

O Major também não ficara isento da mania geral, e, tentado pelo demônio do garimpo, deixou quase em completo abandono sua lavoura, e veio estabelecer-se na bagagem com sua família e quase toda a escravatura. Outro motivo também influiu no ânimo do Major para dar esse passo. Lúcia, depois da partida de Elias, tinha caído em profunda tristeza e abatimento; sua saúde se alterava e ela definhava, como a planta mimosa a quem falta a seiva da terra e o orvalho do céu. O Major bem conhecia o verdadeiro motivo daquela indisposição da filha; mas, ou para afetar que nem a possibilidade concebia de uma paixão amorosa, ou mesmo porque respeitava a delicada suscetibilidade dos sentimentos de Lúcia, fingia ignorá-lo. Portanto, julgou conveniente arrancá-la à solidão daquela fazenda, e, no meio da agitação e dos passatempos da sociedade, procurar alguma distração à constante e profunda melancolia da moça.

O Major tinha construído uma bonita e asseada casinha no lançante de uma colina à margem direita do ribeirão, algum tanto isolada do resto da povoação. Era um templozinho, de que Lúcia era a deusa tutelar, e onde afluíam uma multidão de devotos a render-lhe cultos e adorações. Mas ela, triste como a juriti, a quem exilaram da sombra silenciosa de seus bosques, sentia indizível saudade dos laranjais da fazenda paterna, de seu jardim, de sua fonte, e mais ainda de um ente, cuja imagem em seu espírito andava sempre ligada à daquela saudosa solidão. A carta que Elias escrevera ao sair da Bagagem fora-lhe fielmente entregue; a ideia da distância enorme que se ia interpor entre ela e seu amante ainda mais agravou o seu estado de prostração, aumentando-lhe os sustos e inquietações. A imagem de Elias estava sempre presente ao seu espírito, triste como a lua melancólica a mirar-se no seio imóvel de um lago solitário. De seus lábios nunca escapava um sorriso que exprimisse verdadeiro prazer. Se algumas vezes sorria, seu sorriso era como um clarão frouxo a custo escapado da alma por entre nuvens de tristeza.

Todavia, mais por efeito do tempo do que das distrações que seu pai lhe procurava, a feliz e vigorosa organização de Lúcia conseguiu triunfar e impor um termo aos progressos e estragos do sofrimento moral. Não lhe voltou aquela inalterável e serena alegria dos primeiros anos, nem se lhe desvaneceram as mágoas e inquietações do coração. Mas, ao pungir da dor violenta que a lacerava, substituiu-se uma melancolia calma e resignada, como noite de luar sucedendo silenciosa e triste aos horrores da tormenta.

A graça e gentileza de Lúcia, seu adorável recato e aquele toque simpático de melancolia que a envolvia como um véu, não podiam deixar de atrair a atenção e produzir impressão sobre a população da Bagagem, composta em grande parte de fazendeiros abastados dos arredores, que desprezando a enxada e o machado, puseram nas mãos de seus escravos o abrião e a bateia, e de jovens negociantes de todas as procedências, que vinham de remotas paragens tentar negócio com os garimpeiros. O Major por seu lado, para dar uma diversão às ideias melancólicas de sua filha, procurava entretê-la e distraí-la por todos os meios, e para esse fim costumava dar em sua casa frequentes reuniões, a que convidava a melhor sociedade da Bagagem.

Muitos desses negociantes, muitos filhos de fazendeiros abastados, subjugados pelos encantos da gentil roceira, ofertaram a Lúcia suas homenagens; mas para logo desistiam, não achando brecha por onde pudessem entrar nos arcanos daquele coração misterioso. Outros, mais audazes ou interpretando mal a fria amabilidade com que ela os tratara, abalançaram-se a revelar sua paixão, e mesmo a pedi-la em casamento.

– Minha filha, já tens vinte anos; acho que já é tempo de pensar no casamento, e tenho para ti um noivo que decerto não rejeitarás. É o senhor F. ; pediu-me hoje a tua mão. Acho-o muito capaz de fazer a tua felicidade.

Esta pequena alocução Lúcia ouvia sempre ao menos uma vez por semana, e todas as vezes com imperturbável e glacial frieza lhe respondia:

– Peço-lhe, meu pai, que não me fale ora em casamento; não me sinto com inclinação para esse estado. Talvez mais tarde... meu pai bem vê que minha irmã é ainda muito criança. Enquanto ela não crescer mais e não puder lhe servir de companhia, eu não posso nem devo casar-me. Julgo-me necessária para ambos.

O pai parecia aceder a estas razões e respeitava as repugnâncias da filha. É verdade também que dos pretendentes que até ali tinham aspirado à mão de Lúcia posto que fossem todos dignos e belos moços, todavia nenhum estava em condições de assegurar-lhe uma posição muito brilhante pelo lado pecuniário; e o Major, que como bom pai desejava a felicidade sem a riqueza, esperava que Lúcia encontraria ainda um marido milionário, e portanto facilmente condescendia com sua recusa.

Assim passaram-se mais alguns meses, sem que nada alterasse a monótona tristeza do viver de Lúcia, sem que uma esperança viesse alentá-la, e nem novo golpe da sorte reavivar a chaga de seus antigos sofrimentos.

Por esse tempo chegara à Bagagem um rico viajante, elegantemente trajado, com numeroso séquito de pajens e camaradas e aparatosa bagagem. Era um jovem baiano, bem feito, bonito, e de maneiras agradáveis e insinuantes. Do Sincorá, onde se enriquecera com a compra de diamantes, viera à Bagagem continuar na mesma especulação, e examinar e explorar este novo descoberto. A chegada de um hóspede destes a uma de nossas povoações do interior produz tanta ou maior expectação do que a visita de um soberano a qualquer grande capital do mundo civilizado.

Leonel, assim se chamava o recém-chegado, tornou-se logo extremamente popular. Além de seu agradável exterior e da afabilidade de suas maneiras, era dotado de prendas e qualidades que o tornavam apreciado e desejado em todas as companhias, tocava admiravelmente violão e cantava com muita graça as modinhas e lundus da sua terra. Além de tudo era sumamente liberal, e tratava-se com luxo que, relativamente ao lugar, podia-se chamar suntuoso.

Não tardou muito que o Leonel fosse também apresentado em casa do Major. Como sabemos, este costumava dar em sua casa algumas partidas ou pequenos saraus para dar alguma diversão à melancólica disposição do espírito de sua filha. Com o aparecimento de Leonel, essas partidas, que já iam esmorecendo pelo nenhum resultado que produziam no espírito de Lúcia, recomeçaram com nova animação. O Major era calculista, e preparava as cartas para um grande jogo. Contava que a bela figura, as delicadas maneiras do jovem baiano não deixariam de produzir impressão no coração de sua filha, e a curariam para sempre de sua antiga e louca paixão. Por outro lado estava convencido, e não sem razão, que ninguém que tivesse coração de moço, podia chegar-se a Lúcia sem sentir a irresistível influência de seus lindos olhos; a experiência de todos os dias o estava confirmando. Leonel, que por sua conversação viva e alegre, por suas prendas e belas maneiras era a alma daquelas pequenas reuniões, não tardou com efeito em sentir o mágico influxo do brilho daqueles grandes olhos aveludados, daquele meigo e melancólico sorrir. Concebeu logo por ela uma paixão ardente que não podia mais dissimular.

Cerca de quinze dias depois que Leonel aparecera pela primeira vez em casa do Major, os dois, debruçados a uma janela em casa deste, travaram entre si a meia voz a seguinte conversação:

– Senhor Major, não devo ocultar-vos por mais tempo que concebi por sua filha o mais ardente e extremoso amor, se é que já o não tem adivinhado. Seria para mim a suprema felicidade, se eu pudesse ganhar também o coração dela, como ela soube conquistar o meu. Desejaria saber se o senhor acolhe bem este meu sentimento, que lhe afianço é puro e sincero, para saber se devo ou não continuar minhas visitas à sua casa.

– Eu sempre o receberei com os braços abertos – retorquiu o Major com vivacidade – e de todo o coração folgo que minha filha inspirasse esses sentimentos a um moço tão distinto e de tão belas qualidades. Mas ela? ... sabe se lhe corresponde? o senhor não lhe fez ainda declaração alguma? ...

– Ela... é sempre afável e boa para comigo; mas acho-a sempre tão fria, tão reservada, que não sei o que deva pensar.

– Não lhe dê isso cuidado, senhor Leonel, é efeito do acanhamento; foi criada na roça, e ainda não sabe desenvolver-se em uma conversação. Mas não desanime por isso; quando se familiarizar mais um pouco com o senhor, há de perder esse acanhamento, eu lhe afianço. Dá-me muito gosto em continuar a frequentar esta sua casa, e posso assegurar-lhe que Lúcia será sua...

– Assegura? mas, meu Deus! por que modo? se quer prevalecer-se da autoridade paterna para impor uma aliança, que talvez lhe desagrada, oh! nisso nunca consentirei.

– Eu, senhor Leonel, impor? ... nunca! Prezo muito a minha filha para obrigá-la a casar com quem quer que seja, contra sua vontade, mas não creio possível que ela rejeite...

Nesse momento tocou a música, e uma menina, chegando-se aos conversadores, chamou-os para dançarem ou verem dançar...

– Vá dançar com ela, disse o Major; ânimo e perseverança! sem isso nada se arranja neste mundo.

VI

A recusa

No dia seguinte ao desta conversa, o Major foi bem cedo ter ao quarto de sua filha.

– Então, minha Lúcia – foi logo dizendo sem mais preâmbulo – que tal parece esse belo moço baiano, que ultimamente tem frequentado a nossa casa?...

– Que tal me parece?... – disse Lúcia com embaraço – tão cedo, uma tal pergunta? – acrescentou sorrindo. – Palavra, que não sei lhe responder, meu pai.

– Deixa-te de visagens; responde-me. Que tal te parece o senhor Leonel?...

– O que parecem todos, um moço bem parecido, de muito boas maneiras, e que talvez seja muito boa pessoa.

– Talvez, não; é mesmo um excelente moço e, além de tudo, muito rico.

– Mas, a que vem tudo isso, meu pai?

– A que vem? ainda me perguntas? pois sabe que esse excelente moço, esse belo e rico baiano, foi a tua boa fortuna que o trouxe aqui para teu marido.

– Já esperava por isso – murmurou Lúcia dentro d'alma; é mais um pretendente! Que praga que nunca se extingue! Para meu marido! – exclamou ela – ah! meu pai, por piedade, não me fale nisso.

– Sim, para teu marido – replicou o Major com enfado – rejeitarás ainda este?

– Meu pai não lhe tenho dito tantas vezes que não quero, que não devo me casar por ora?

– Mas com este, minha filha! ... olha bem o que fazes. rejeitá-lo é dar um coice na fortuna.

– E aceitar este ou outro qualquer, meu pai, é cravar-me um punhal no coração. Tenho pressentimentos de que, se me casar, serei muito desgraçada.

– Criança! ... deixa-te dessas loucas apreensões; essa repugnância há de passar com o tempo.

– Nunca, meu pai, nunca passará.

– Está bem, Lúcia, és uma criança sem juízo. Vai pensar bem no que te proponho e deixa-te de hesitações. Os anos voam e a beleza foge-lhe nas asas. Mais tarde quando quiseres te casar, não acharás mais marido que te queira. Anda, vai refletir um pouco sobre o caso e, se és uma menina de juízo, certamente mudarás de acordo. Fortunas destas não se encontram duas vezes na vida. pensa bem no que te digo, e amanhã espero achar-te convertida.

O Major saiu, e Lúcia ficou sozinha por muito tempo encerrada em seu quarto a refletir deveras, não sobre as vantagens do casamento, que seu pai lhe propunha, mas sobre as dificuldades de sua penosa situação, e sobre a luta que se ia travar entre ela e o Major, visto o modo por que este se mostrava empenhado na realização deste último enlace projetado. A respeito dos outros pretendentes o Major cedera quase sem insistência alguma às primeiras palavras de Lúcia. Mas, a respeito deste último, não parecia resolvido a desistir, retirar-se sem se dar por vencido. E o pior era que parecia estar coberto de razão, pois Leonel era em verdade um mancebo que parecia próprio, a todos os respeitos, para fazer a felicidade de uma moça, e as mais ricas e formosas donzelas da Bagagem teriam tido inveja da sorte de Lúcia. Encerrada em seu quarto Lúcia refletiu muito e amargamente sobre a cruel situação em que se achava, e, depois de ter chorado e rezado muito, pedindo auxílio ao céu, saiu do quarto resolvida a lutar até o último transe, e disposta a aceitar antes o véu de freira do que a grinalda de noiva.

Leonel, todo confiado em sua bela presença e seus dotes pessoais apesar da fria reserva de Lúcia, não hesitava um momento que por fim ela acabaria por se lhe render.

O Major nessa mesma tarde foi sondar de novo o coração de sua filha. redobrou de instâncias, multiplicou os argumentos, entre os quais envolveu ameaças mal disfarçadas: nada a abalou. Por fim desceu até a súplica; Lúcia respondeu mergulhando a cabeça entre as colchas do leito, em que estava assentada, e desatou em prantos e soluços. O velho comovido por um momento nada ousou responder a esta explosão de lágrimas e soluços, e retirou-se triste e desconcertado, mas não desanimado.

Como de costume, o jovem baiano apareceu à noite em casa do Major. Lúcia, que até ali só sentira por Leonel a mesma indiferença que para com os anteriores pretendentes, agora experimentava também um certo afastamento, uma repugnância que mal podia dissimular. Já não via nesse homem um simples pretendente: era um ameaço vivo da sua felicidade, era a morte de suas esperanças, porque no fundo da alma Lúcia ainda nutria uma esperança, tímida, vacilante sim, mas era sempre uma esperança, e era ela que ainda lhe alimentava o coração, e dava-lhe coragem para viver. E talvez, quem sabe? com esse instinto admirável de que são dotadas certas mulheres, através das mais brilhantes exterioridades ela sabia penetrar no fundo dos corações, e achava em Leonel alguma coisa que lhe repugnava.

Quando Leonel entrou na sala, Lúcia descorou e estremeceu de modo que teria atraído a atenção de todos, se não fosse a fraca claridade que reinava na sala, iluminada então por uma só vela. Não escapou, porém, a Leonel aquele estremecimento de Lúcia; mas graças à sua vaidade o interpretou como efeito do alvoroço que lhe causava a sua presença, e o tomou como bom presságio. Se pudesse ver melhor o semblante da moça, teria notado nele a extrema palidez e uma expressão de angústia e de horror que o tiraria de seu engano.

Passados alguns minutos da conversação banal, Lúcia retirou-se para acalmar, ou antes para ocultar a agitação de seu espírito. Sua agitação era das mais penosas. Criada na singeleza da roça, habituada apenas à convivência de uma sociedade de costumes chãos e sem etiquetas, não estava acostumada a dissimular seus pesares e inquietações. Mas o instinto delicado de seu espírito advertia-lhe que era mister mascarar sua dor com as exterioridades do contentamento e da tranquilidade.

A companhia ainda era pouco numerosa: com um gesto o Major convidou Leonel para a mesma janela em que os vimos conversar pela primeira vez. O Major começou o diálogo.

– Senhor Leonel, tenho esperanças de que Lúcia aceitará com prazer a mão de esposo que o senhor lhe oferece. Mas, quando ontem conversamos, esqueci-me de tocar em um ponto que entretanto não devo lhe ocultar. O prazer que senti ao ouvir sua proposta provavelmente me fez passar pela ideia esse objeto. Enfim, para encurtar razões, talvez o senhor Leonel, como outros muitos, esteja em engano a respeito de minha posição pecuniária, e...

– Basta, senhor major; peço-lhe que não toque em tal assunto, se não quer ofender-me. Eu nunca indaguei, e nem indago quais são os seus haveres. Mercê de Deus, possuo alguma coisa para não precisar...

– Não se enfade, senhor Leonel; não é nesse sentido que falo; bem conheço o seu desinteresse. Mas todavia ficaria com um escrúpulo n'alma, se não lhe fizesse essa revelação e não lhe declarasse que estou arruinado.

– Deveras, senhor Major? ...

– É a pura verdade; completamente arruinado. Este maldito garimpo, que seduz e cega o homem mais do que a mesa do jogo ou a meretriz artificiosa, tem-me devorado em pouco tempo todos os meus haveres, uma sofrível fortuna adquirida à custa de longos anos de trabalho na lavoura e no comércio, sem a mínima compensação. Minha fazenda, meus escravos estão hipotecados quase até o último, e em breve a miséria virá bater-me à porta. Desculpe-me esta franqueza; eu não devia ocultar-lhe as minhas circunstâncias, porque não me ficaria airoso dar-lhe a minha filha em casamento, sem que o senhor soubesse que casava-se com a filha de um miserável.

– Miserável... não diga tal, senhor major! isso nunca! mas, ainda que fosse um mendicante, mesmo assim eu teria orgulho de ser esposo de sua filha.

– Mas a desonra... bem sabe que o público é implacável para com o negociante ou especulador infeliz.

– Qual desonra, senhor Major! o mau sucesso de uma especulação, contanto que seja lícita, não desonra a ninguém. Não se acovarde por essa forma... não faltarão meios de reabilitar-se. Tranquilize-se; o público e o comércio não serão tão desapiedados como pensa. Pode-se fazer com seus credores um convênio que salvará tudo. Eu me entenderei com eles, e, graças a Deus, estou em circunstâncias de lhe poder ser útil sem sacrifício meu.

Dir-se-ia que o Major mui de propósito fazia aquela confidência a seu futuro genro para sondar sua generosidade e provocar o seu oferecimento. Mas não era assim; o major fazia-lhe aquela revelação porque entendia que era de seu dever, e procedia por um impulso de franqueza que lhe era natural. A princípio, portanto, o generoso oferecimento do jovem baiano o perturbou e desconcertou algum tanto; mas depois penetrou-lhe na alma como o raiar de uma dupla esperança. nesse enlace estava a felicidade da filha e a salvação de sua fortuna.

– Não, senhor! perdão! nem falemos nisso – replicou o Major algum tanto enfiado; longe de mim a ideia de lhe ser pesado; e o que diria o povo?...

– E que tem o povo com os nossos negócios, e nós com o que ele dirá?

– Dirá, e com aparências de verdade, que contratando este casamento especulei com a sua generosidade.

– Não tem direito a dizer tal. Sabia eu por acaso do estado dos seus negócios quando lhe pedi a filha em casamento? e entretanto, desde que aqui cheguei, as pirei a ser seu genro. E há nada mais natural do que o genro socorrer ao sogro, ou o sogro ao genro? Sois demasiadamente escrupuloso, senhor major.

– Pode ser; mas...

– Mas... nem falemos mais nisso, caro Major; são horas de nos divertirmos.

Algumas pessoas, que chegaram e vieram cumprimentar o Major, acabaram de pôr termo àquela conversação.

Leonel foi sentar-se ao pé de Lúcia, que já tinha voltado à sala. A coitada parecia que estava assentada em uma cadeira de ferro em brasa. Seu olhar era incerto, mudava de cor a cada momento, mal respondia às perguntas que Leonel lhe dirigia, e às vezes parecia querer levantar-se bruscamente, e deitar-se a correr pela casa a dentro. Mas aos olhos de Leonel tudo isto tinha uma explicação, aliás plausível para quem não conhecia o estado do coração de Lúcia. Era o acanhamento que resulta da emoção que sente toda a moça ao ver perto de si um homem apenas conhecido, e que tem de ser seu marido.

O Major por sua parte, pouco conversava, e andava pensativo, ocupado em refletir nos meios que empregaria em um novo assalto que projetava dirigir contra o coração da filha, para reduzi-la a dar o sim. Agora, que nesse casamento via também a reabilitação da sua fortuna, é fácil conceber com que novo ardor e encarniçamento estava disposto a atacá-la.

Lúcia, por sua parte, só esperava com a maior impaciência pelo momento de recolher-se para dar livre curso a seus pensamentos e a suas lágrimas.

VII

O sacrifício

No outro dia Lúcia acordou, ou antes levantou-se, pois bem pouco dormira, cheia de sustos e de tristes pressentimentos; mas procurou ocultar do melhor modo que pôde suas inquietações, e premunir-se de força e resolução para afrontar os novos embates que a ameaçavam. Por um lado a atormentava a posição extrema em que se via colocada pelas instâncias do pai, posição de que não via outro meio de escapar-se, senão rendendo-se à discrição ou por meio de uma confissão, que, em vez de aplacá-lo, atrairia sobre ele a cólera de seu pai. Por outro lado a torturava a cruel incerteza em que se achava a respeito da sorte de Elias, do qual nem notícias tinha, posto que já tivesse findado o prazo de dois anos, dentro do qual prometera voltar ou dar notícias suas. Pensava na distância imensa que os separava, nos imensos perigos que o rodeavam por aqueles sertões infestados de assassinos e salteadores e infeccionados de epidemias mortíferas, e a esperança a abandonava, e sua alma se entregava a um desalento mortal.

Estava extremamente pálida e triste; liam-se no semblante os vestígios de uma noite velada no sofrimento, mas em sua fisionomia como que transluzia a altivez de uma resolução inabalável.

O Major, que espiava com impaciência o momento em que Lúcia despertasse, dirigiu-se a seu quarto, logo que a sentiu levantada.

– Minha filha... mas estás tão pálida e desfeita!!... estás sofrendo alguma coisa?

– Nada, meu pai... é um incômodo passageiro. Sempre que me deito tarde, passo mal.

– Ah! não admira; não estás acostumada a estas palestras e folguedos até alta noite.

– É verdade, meu pai; e quanta saudade não tenho da nossa boa vida da roça! ... quando voltaremos para lá?

– Não sei dizer-te. Talvez breve, talvez nunca.

– Nunca! ... como assim, meu pai?

– Para falar-te com franqueza, isto depende de ti; está em tuas mãos.

– Em minhas mãos? ... explique-se meu pai; cada vez o entendo menos.

– Sim; de ti e só de ti depende isso.

– Não posso saber como?

– Senta-te aí e escuta-me; tenho coisas importantes a dizer-te.

A estas palavras Lúcia sentiu um calafrio percorrer-lhe o corpo, e fechar-se-lhe o coração como a um sopro gelado.

Trêmula e pálida assentou-se na cama, enquanto seu pai puxava uma cadeira e sentava-se junto dela.

– Minha filha – começou o Major, abaixando cautelosamente a voz, e quase ao ouvido de Lúcia– o que vou dizer-te, quisera poder ocultar-te para sempre; não quereria por nada deste mundo tornar-te mais aflita e triste do que te vejo há certo tempo.

– Pode falar, meu pai; Deus me dará coragem e resignação para tudo, seja qual for a nova desgraça que vem anunciar-me.

– Sim, é uma desgraça, mas que tu, com uma só palavra, podes converter em felicidade para todos nós.

– Deveras, meu pai? ... pois explique-se, que da minha parte estou pronta a todo e qualquer sacrifício.

- Em poucas palavras vou dizer-te tudo. Depois que deixamos nossa fazenda para vir especular neste garimpo, os meus negócios têm ido de mal a pior. Tenho-me visto forçado a fazer despesas que não posso comportar, e o rendimento, como terás podido observar, tem sido nenhum. Ultimamente uma sociedade em que tomei parte, não tendo dado resultado algum depois de enormes despesas, acabou de arruinar-me completamente, bem como a quase todos os outros sócios. Minha fazenda e meus escravos chegam apenas para satisfazer aos imensos encargos que contraí nessa malfadada empresa, e ficaremos por portas, se te não resolveres...

– A que, meu pai? ...

– A casar com o senhor Leonel.

– Ah! isso nunca! ...

Estas palavras escaparam ao peito da moça com espontânea e rápida explosão. O Major lançou-lhe um olhar severo e exprobrador.

Lúcia reportou-se.

– Mas – continuou ela mudando de tom – que tem meu casamento com a sua quebra, meu pai?

– Muito, minha filha. Leonel, sabendo que eu me achava nesses transes apertados, ofereceu-me espontânea e generosamente seus serviços e, o que é mais ainda, sua bolsa. Mas se recusas dar-lhe a mão de esposa como poderei aceitá-los?

– Ah! meu pai, não me obrigue a semelhante sacrifício; por piedade! a miséria mil vezes! ... mas já não sei o que penso, nem o que digo... meu pai, tenha piedade de sua filha.

– Ah! Lúcia, minha querida Lúcia! ... pondera que não se trata somente de ti. Já não falo de mim, que estou velho, e que pouco me importa o modo por que passarei o resto de meus dias. Mas tua irmãzinha, tão linda, tão inocente, coitada! não terei a legar-lhe senão a miséria. Oh! e a miséria é tão triste para quem já viveu na abastança!

Tendo dito estas palavras o Major enxugou duas grossas lágrimas, que lhe rolavam pelas faces macilentas.

– Meu pai! ... – exclamou Lúcia, pondo-se rapidamente em pé, e apertando convulsivamente as mãos uma na outra. Depois deixou pender a fronte, abaixou os olhos e uma chuva de lágrimas, que lhe brotavam das pálpebras ardentes, circundavam-lhe as faces, e caíram no pavimento aos pés do velho. Este também levantou-se profundamente comovido, e, sustendo- a nos braços, já ia quase desistir de suas pretensões. Mas a bela e nobre alma de Lúcia já tinha aceitado o sacrifício.

– Tranquilize-se, meu pai – disse ela com tom firme e resoluto, enxugando a última lágrima que lhe brotava dos olhos; aceito o marido que me quer dar, já que assim é preciso para felicidade sua e de minha irmã.

– O céu te abençoe, querida filha; nem eu esperava outra coisa da bondade de teu coração e da nobreza de teus sentimentos. Não te arrependerás, eu te asseguro: Leonel é um excelente moço, que saberá fazer-te feliz, e Deus abençoará teu casamento, porque o mereces.

– Serei feliz! ... por certo! ... – murmurou Lúcia consigo; ao menos abreviarei o meu martírio.

– Posso, portanto, Lúcia – continuou o Major – assegurar desde hoje ao senhor Leonel que dás o teu consentimento? ...

– Meu pai tem a minha palavra, e de hoje em diante pode dispor de mim, como lhe aprouver.

O pai saiu satisfeitíssimo com o resultado desta última tentativa, porque não sabia medir o alcance e a importância do cruel e doloroso sacrifício que acabava de impor a sua filha. Homem de alma fria, posto que boa, julgava que as paixões sinceras e profundas não existem senão nas novelas, e que os sentimentos da mulher não são mais do que caprichos da imaginação, que com o tempo se desvanecem.

Lúcia, acabrunhada sob o peso do sacrifício a que acabava de dedicar-se para a felicidade de seu pai e de sua irmã, foi sentar-se junto a uma mesa, e escondendo a cabeça entre os dois lindos braços nus, aí ficou por muito tempo abandonando o coração aos golpes da dor que o torturava.

A voz de Joana veio despertá-la.

– Sinhazinha, aqui está isto, que lhe mandaram entregar.

Lúcia levantou a cabeça e fitou em Joana os olhos úmidos de lágrimas. Joana entregou-lhe uma carta; Lúcia tomou-a, reparou no sobrescrito e um rápido estremecimento convulsivo lhe percorreu o corpo. Rasgou com a mão trêmula a carta e leu o seguinte:

"Minha Lúcia. Cá de longe, a mais de duzentas léguas de distância, participo do prazer que sentirás ao ler esta carta, pois nem um momento ainda duvidei da sinceridade e constância do teu amor. A fortuna, que aí sempre se me mostrou esquiva, sorriu-me aqui no Sincorá. Graças a Deus, tenho feito excelentes negócios. Enfim, Lúcia, já sou rico, ao menos para nossa terra. Não me é possível estar lá no prazo que te marquei, mas faço-te esta para tranquilizar-te. Em breve lá estarei. Eu quisera ter asas e voar para junto de ti... Sou feliz, só as saudades me atormentam. Adeus, Lúcia; até breve. Teu Elias".

Descrever o que se passava na alma de Lúcia, enquanto com mão trêmula e olhar desvairado percorria esta carta, é coisa que não cabe no possível. Uma vertigem se apoderou dela; apenas teve tempo para amarrotar depressa aquela carta fatal e esconde-la no seio. De pálida que estava, tornou-se lívida, os olhos se lhe escureceram, e teria caído da cadeira em que estava, se Joana, que ficara ao pé dela, não a tivesse amparado.

– Santa Virgem! exclamou assustada a rapariga, sacudindo-a – Que tem! que tem, sinhazinha? ...

Mas Lúcia ainda não tinha perdido o vigor de sua bela organização, e em poucos instantes voltou daquele breve delíquio.

– O que é isto, menina? ... o que é que está sofrendo? ... fale, não oculte nada à sua negra, exclamou a solícita escrava. Eu vou falar com nhonhô para mandar chamar médico.

– Não, Joana, não é preciso; não digas nada a meu pai, eu te peço. Isto passa já; foi uma vertigem, porque passei mal a noite; mas já estou melhor.

Ah! por que não chegou uma hora mais cedo aquela carta fatal? teria sido redenção daquela pobre alma que penava entre horrorosos martírios; teria aberto para ela um horizonte de esperanças e venturas. Mas naquela ocasião era como nuvem negra que acabava de escurecer para sempre o horizonte de seu porvir.

VIII

Elías

O infortúnio de Lúcia tinha chegado a seu cúmulo.

O seu casamento com Leonel estava definitivamente contratado, e era o acontecimento de que se falava mais na bagagem em todos os círculos. Era um lindo par, dois noivos em todos os sentidos dignos um do outro, e todos formavam a mais lisonjeira ideia do risonho futuro de amor e de ventura, cujas portas o himeneu ia abrir de par em par àquele par afortunado.

Os pretendentes de Lúcia, porém, que haviam sido preteridos – e não eram poucos – vingaram-se em ápodos e maliciosas apreciações a respeito do noivo.

– Pobre moça! Deus sabe o que será dela com aquele boneco enfeitado! Deus queira que ali não esteja encoberto um formidável cavalheiro de indústria!

– A fazenda de contrabando é quase sempre a mais bem enfardada. Aquele Major é bem simplório. Não seria eu que daria minha filha a um homem só porque anda com grandes equipagens e patacoadas, inculcando-se rico, sem lhe ver a carteira.

– Às vezes um biltre, desses que aí andam com ares de grão-senhor, não passa de um mero cobrador, que nada tem de seu, e anda a imposturar com o dinheiro do patrão.

– Lá diz o ditado: quem vai casar longe, ou quer enganar, ou vai enganado. Este melro, porém, que não cai no laço, é capaz de enfiar o Major e toda a sua geração pelo fundo de uma agulha. Lá se avenham.

Entre os pretendentes desprezados contava-se também Azevedo, o jovem negociante fluminense que já vimos junto de Lúcia, no Patrocínio, e que era um dos seus mais assíduos e pertinazes adoradores. Como muitos outros negociantes dali tinha mudado a sua loja para a Bagagem, deixando quase em tapera aquela vila, por cujas desertas ruas crescia abundante capoeira, e vagueavam livremente as emas, veados e siriemas.

– Não lhe agouro bem, dizia Azevedo referindo-se ao casamento de Leonel. Estas moçoilas da roça na sala são umas santinhas; nem sabem falar; são todas modéstia e pudor. Mas por detrás das portas e pelos quintais, ai! ai! há que se lhe diga. O noivo que rogue a Deus que não volte lá desses sertões do Sincorá certo rapazola que eu conheço.

Mas todos esses ditérios eram filhos do despeito de certos descontentes. A maioria da população bagagense, de que o baiano por suas liberalidades e suas maneiras sedutoras tinha adquirido a estima e simpatia, aprovava e aplaudia sinceramente e de todo coração aquele feliz consórcio.

Leonel continuou a frequentar ainda com mais assiduidade a casa do Major, onde quase todas as noites havia belas reuniões, tocatas e saraus. Eram essas horas as mais cruéis para Lúcia, como bem se pode avaliar, que em sua nobre e sublime dedicação fazia esforços heróicos para dissimular a angústia que lhe ralava o coração. Não queria que por modo algum seu pai suspeitasse quanto era duro e doloroso o sacrifício que lhe tinha imposto, e procurava fingir que de boa mente se conformava com a sua nova sorte. À força de vontade conseguia dar a seu semblante e a suas palavras um ar, se não de contentamento, ao menos de serenidade melancólica, que dava novo realce à sua nobre e graciosa fisionomia.

Corria então a quaresma, e como nesse tempo são proibidas as bênçãos matrimoniais, forçoso foi adiar para mais tarde o casamento, que pelo voto de Leonel e do Major teria tido lugar imediatamente.

Já uns quinze dias se tinham passado, depois que Lúcia esperava resignada o dia tremendo, em que ia irrevogavelmente imolar a felicidade de seu coração aos interesses de seu pai e de sua irmã. O altar do himeneu ia ser o patíbulo, e o leito nupcial o túmulo de sua felicidade.

À porta da loja de um dos mais abastados negociantes da Bagagem apeava-se um jovem viajante que, pelo primor de seu trajo e pela luzida bagagem que trazia, mostrava ser homem de fortuna. O tom familiar e o alegre alvoroço com que foi recebido indicavam ser ele um antigo conhecido do negociante.

– Oh! bons olhos o vejam, meu caro senhor Elias, exclamou o negociante abraçando-o com transporte. Não sabe que prazer me dá em torná-lo a ver, veio mais bonito, mais sacudido, e pelo que vejo, fez fortuna lá por onde andou? !

– Não perdi meu tempo, louvado seja Deus! ... respondeu o moço.

– Entre, entre; venha descansar; depois conversaremos. Mande desarrear seus animais; não consinto que vá pousar em outra parte.

– Obrigado; aceito o seu obséquio.

Tendo saído da Bagagem, levando na algibeira a miséria, e o desespero no coração, depois de dois anos de ausência, Elias voltava com a carteira recheada de boas dezenas de contos de réis, só respirando amor, esperança e felicidade. Com o coração alvoroçado e a transbordar de alegria, durante toda a sua longa viagem não pensava em outra coisa senão no momento feliz de tornar a ver a sua querida Lúcia, e chegara com a cabeça recheada dos mais brilhantes planos de ventura e de amor, planos que para ele já eram uma realidade, pois já estava vencida a barreira que os separava-a pobreza.

Meia hora depois, tendo já Elias acomodado sua bagagem, e dado as necessárias providências para o arranjo de seus animais, o negociante convidou-o para uma sala vizinha.

– Venha para cá tomar algum refresco; venha conversar um pouco, e contar-nos que tal é isso por lá; contam-se maravilhas.

– Temos tempo, meu amigo; tenho muito que contar-lhe, mas isso será com mais vagar. Venho de longe, e sou daqui; portanto julgo que tenho direito de perguntar primeiro por notícias da minha terra, que novidades há, se o comércio vai bem, se aparece muito diamante, etc., etc..

– Qual! meu amigo; isto aqui vai sempre na mesma pasmaceira, e não promete grande coisa. Vai-se tenteando o negócio. Há mais garimpeiros arruinados do que baguaçus por esses matos. Este garimpo não anima; é como uma loteria, em que só há sortes grandes, e essas muito poucas. Aparecem de tempos a tempos grandes diamantes; mas não há serviço jornaleiro; ganha um por cem que perdem.

– Eu já assim o pensava; nunca tive grande fé neste descoberto. Não acontece assim na Diamantina, e nem tampouco no Sincorá. Quem dá ali um serviço pode ter a certeza de que há de tirar ao menos para salvar as despesas.

- Pois aqui é o contrário; quem garimpa tem noventa e nove probabilidades de perder e uma de ganhar. Os fazendeiros pensaram que garimpar é o mesmo que plantar milho, quiseram colher o que não tinham plantado, e quase todos vão dando com suas fortunas em vaza-barris.

– Entretanto, disse Elias chegando-se a uma janela, noto que a povoação apesar disso não deixa de ir crescendo. Estou vendo muitas casas novas, que não deixei quando daqui saí, e tudo vai a melhor.

– O lugar vai em aumento não há dúvida; mas isso não pode ir longe.

– A propósito. De quem é aquela casinha, que lá está no alto daquele lançante? como está bem situada! ... dali deve-se gozar a vista de toda a povoação.

– Oh! aquela é de uma das principais vítimas da exploração destas lavras. É do Major; não o conhece? ...

– Muito! Muito! ... mas que me diz? pois o Major também se arruinou? !

A conversação caía enfim casualmente no ponto a que queria levá-la Elias, que ardia por ter novas do Major e de sua filha, os quais já sabia que se achavam na Bagagem. Pode-se pois facilmente imaginar com que avidez curiosa, com que mal disfarçada sofreguidão dirigiu ao negociante a última pergunta.

– Consta, respondeu este com toda fleuma, que todos os seus bens estão empenhados e que, se forem liquidar os seus negócios, não lhe ficará um real, e a propósito, por falarmos no Major, perguntava o senhor há pouco por novidades. Pois saiba que a mais importante que temos, e que agora anda por aí pela boca de todos, é o casamento de sua filha...

– De Lúcia? ... atalhou vivamente o moço.

– Pois de quem mais há de ser? ... então conhecê-a?

Elias não respondeu; sentia como uma espécie de vertigem, que o atordoava, como se um raio tivesse estalado junto dele. Agarrou-se ao peitoril da janela para não cair. Assim esteve por alguns instantes, depois dos quais continuou forcejando debalde para dar à sua voz o tom da mais completa indiferença.

– Conheço-a muito; é uma linda menina; mas... diziam-me que era muito esquiva; admira-me que se resolvesse a casar-se, e quem sabe...

– Quem sabe o quê?

– Quem sabe se não vai de muito boa vontade? ...

– E por quê não? o noivo é um guapo mocetão, de bonita figura e fino trato, e, o que mais é, muito rico. Ela, como Vcmê. Bem sabe, é a moça mais linda destes arredores; digo-lhe com veras que nunca vi casamento mais bem ajustado. O Major está um pouco arruinado, é verdade; mas o genro é riquíssimo, e, ao que dizem por aí, vai escorar o sogro, o que não lhe custará pouco. Com aquele casamento a felicidade entrou-lhe pela casa dentro.

– Entrou? ! ... pois já? exclamou o moço com visível perturbação.

– Ou vai entrar, é o mesmo, pois o negócio é decidido, e está por poucos dias. É mais um par de rolinhas amorosas, como dizia um amigo meu meio metido a poeta, que veio fazer seu ninho aqui nas matas da Bagagem.

Elias não teve ânimo de dizer mais nem uma palavra; o coração lhe batia desencontrado; tinha as faces secas e a língua se lhe pegava ao céu-da-boca. Trêmulo e coberto de horrível amarelidão, mal se podia suster agarrado ao peitoril da janela.

Posto que já o sol tivesse entrado, e já fosse escasseando a luz do dia, o negociante não deixou de perceber a extrema perturbação e o transtorno das feições do rapaz...

– O que tem, meu amigo? ... ainda agora parecia vender saúde, e agora o vejo tão pálido e desfigurado? está sofrendo decerto algum incômodo?

– Nada... quase nada. São acessos de intermitentes, que apanhei no Rio S. Francisco, e que às vezes ainda se repetem; mas passam logo.

– Ah! ... ninguém lá vai que as não apanhe. Deite-se neste canapé, enquanto vou lhe mandar trazer um copo de vinho quente com açúcar; dizem que é bom. Depois, se quiser, chamarei médico...

- Aceito o vinho; mas não será preciso tomar maior incômodo; isto passa logo.

Elias aceitou o oferecimento mais para se ver a sós com o seu desespero, do que por necessidade que tivesse de auxílio algum. Seu coração, que até ali se enchia a transbordar de esperanças e venturas, sentiu-se subitamente atracado entre as garras da mais cruel decepção. Mil projetos desencontrados lhe tumultuavam na cabeça. Ora queria ir imediatamente ver Lúcia, exprobrar-lhe sua perfídia, e apunhalar-se à sua vista. mas isso seria uma triste vingança: não convinha deixá-los vivos e felizes sobre a terra. Iria procurar primeiro o infeliz sedutor, esbofeteá-lo, cuspir-lhe no rosto e depois arrancar-lhe as entranhas, e com o mesmo punhal, ainda fumegante do sangue do vil, imolar-se aos olhos da pérfida... Mas... ele era inocente talvez; ignorava que aquela embusteira já tinha penhorado a outrem por um juramento sagrado o seu amor e a sua mão. A vítima devia ser ela, somente ela. Mas como vingar-se dela? ... matá-la? ... semelhante ideia lhe repugnava... derramar o sangue de uma fraca mulher é a mais infame das cobardias, o mais monstruoso dos atentados. Desprezá-la? ... mas o desprezo só é um castigo, quando recai sobre pessoa que nos ama, e Lúcia! exclamava o infeliz estorcendo-se em ânsias de desespero, Lúcia não me ama; Lúcia nunca me amou; senão, jamais se teria tão facilmente esquecido de mim para se entregar a outrem. E assim não há remédio! nem o consolo da vingança me é dado! e a vítima de todos estes embustes e perfídias serei eu, somente eu!

Elias foi interrompido em suas febris maquinações por seu hóspede, que lhe trazia o vinho quente, enquanto uma escrava lhe preparava a cama em uma alcova imediata à sala. Depois de trocarem algumas palavras banais, o negociante julgou conveniente deixá-lo só, visto o seu incômodo de saúde, e depois de tê-lo cuidadosamente deitado em seu leito despediu-se recomendando-lhe que se abafasse bem.

Apenas porém o moço achou-se só, arrojou para longe de si coberturas e lençóis, saltou fora da cama, e começou a passear a passos precipitados ao comprido da sala. Assim passou grande parte da noite com a ideia de sua desgraça a devorar-lhe o cérebro, e a fustigar-lhe o coração.

Por fim, à força de pensar, ou antes, à força de delirar, começou a duvidar da realidade de seu infortúnio; achou que tinha sido demasiado leviano em dar tão depressa inteiro crédito às palavras do negociante, e apelou para o dia seguinte.

Embalado nessa dúvida consoladora, que o céu como que lhe enviara para dar algum repouso à sua imaginação tresvairada, adormeceu quando os galos já começavam a amiudar seus cantos.

IX

Além de queda, coice

O dia amanhecera esplêndido.

Os vultos das grandes árvores isoladas, restos da floresta, que o machado tinha poupado, debuxavam-se em um céu puro e rico de fulgores, e balanceavam os topes verdes-negros, como velhos caciques sacudindo os cocares nas danças sagradas.

As brisas, que sopravam frescas, traziam mil perfumes de flores selváticas, e rumorejavam pela encosta, mesclando seu sussurro ao marulho das cachoeiras e à vozeria alegre dos garimpeiros, cujos almocafres e alavancas retiniam no cascalho das grupiaras. Toda a povoação despertava alegre e cheia de vida, como garça que à beira do lago se espaneja aos raios do sol, sacudindo das brancas asas as pérolas matutinas.

Quando Elias despertou, o sol já batia em cheio por ambas as margens do ribeirão. Abriu a janela, e deu com os olhos naquele magnífico e risonho espetáculo, que tão cruel e pungente contraste formava com o estado reamargurado de seu coração. O golpe que recebera na véspera repercutia-se agora em sua alma, ainda mais rude e doloroso. Ali esteve por mais de uma hora pensativo, perplexo e mergulhado no mais profundo abatimento. Não atinava com o que deveria fazer, e desejaria ali ficar para sempre mudo, imóvel, petrificado como uma estátua.

Por fim resolveu-se a procurar na agitação do corpo alguma diversão aos pensamentos que lhe escaldavam o cérebro. Pegou no chapéu, e saiu à toa e sem destino pelas ruas da povoação. Encontrou muitos amigos e conhecidos que o cumprimentavam, e da boca dos quais, sem que o perguntasse, ouvia a confirmação da fatal notícia do casamento de Lúcia. Esse casamento andava de boca em boca, e era o acontecimento que então mais preocupava a imaginação do público. Elias andava como que atordoado; aquele movimento e burburinho da população como que lhe causava vertigens. Os cumprimentos e felicitações de seus amigos o perturbavam, e pareciam-lhe um sarcasmo cruel. Assim vagou maquinalmente pelas ruas. Quando se recolheu a casa, era já meio- dia.

Logo ao chegar à casa do negociante, veio-lhe ao encontro o seu arrieiro a pedir-lhe dinheiro para pagamento do milho e mais despesa da tropa. Tirou da carteira uma nota de 20$000 e apresentou-a ao caixeiro da casa, pedindo-lhe que a trocasse por miúdos. O caixeiro, depois de examinar a nota por um instante, devolveu-a a Elias.

– Perdão, meu amo, disse-lhe o caixeiro, não lhe posso servir: esta nota é falsa.

Elias, enfiou. Não podendo ficar mais pálido do que estava, tornou-se verde.

– Falsa! repetiu com uma voz que lhe saía do coração, e mal passava pelos lábios.

– Falsa, sim senhor; se duvida chamemos o patrão.

Não foi preciso chamá-lo; ele vinha entrando nesse momento pela loja.

– Oh! bom-dia, amigo; como passou? levantou-se cedo! então, por onde andou? andou matando saudades? decerto ainda não almoçou? passou melhor do seu incômodo de ontem?

O pobre moço naquele momento tinha talvez mais vontade de enforcar-se do que de responder àquela chusma de perguntas com que seu hóspede à queima-roupa o obsequiava.

– Já nada sofro; estou bom, respondeu Elias em tom breve. Apresentei esta nota a seu caixeiro para ma trocar, e disse-me ser falsa. Veja.

– Falsíssima! exclamou o negociante, depois de examinar a nota um momento. São notas falsas procedentes da Bahia. Há muito tempo o comércio está avisado, e o governo já tem expedido as mais terminantes ordens e tomado medidas enérgicas para descobrir os moedeiros falsos, e consta que as pesquisas feitas vão obtendo resultado.

– Bem! vou ver outra, interrompeu bruscamente Elias; e tirou da carteira uma nota de 50$000. E esta? também será falsa?

– Ainda mais falsa do que a outra, se é possível, exclamou o negociante, apenas olhou para a nota. Ah! meu caro senhor Elias, como é que foi deixar-se embaçar por essa maneira? ...

– Falsa! falsa! ... deveras? ! ... murmurava o moço com voz rouca e abafada.

- É o que lhe digo, meu amigo; ninguém aqui na Bagagem dará cinco réis por qualquer dessas notas.

– Em que mundo andei eu, pois, meu Deus! ! meu Deus! estou perdido! perdido para sempre!

E, atirando-se sobre um tamborete, que estava perto do mostrador, apertava convulsivamente a cabeça entre as mãos.

– Perdido por tão pouca coisa? por uns 70$000! o caso não é para tanto, meu amigo.

– Prouvera ao céu fosse só isso! ... soluçou Elias com voz apenas inteligível.

– Como diz? ... então não é só isso? ...

Elias já não ouvia mais; estava aniquilado debaixo da nova e horrível catástrofe que acabava de fulminá-lo.

Traído em seu amor, vira na véspera derrocado em um momento o formoso castelo de suas esperanças, construído com tanto enlevo nos sonhos de dois anos de inquietações e trabalhos. Quando ia colocar a pedra do remate na cúpula do edifício, ei-lo que de súbito se desmorona até os fundamentos. Restava-lhe ainda a fortuna, consistente em algumas dezenas de contos, que à força de vontade, inteligência e atividade adquirira no Sincorá.

– De que me serve este dinheiro? dizia ele na véspera. À força de muito querer e muito trabalhar eu o ganhei por amor de Lúcia e para Lúcia. Agora, que Lúcia me abandona, eu o veria queimar-se com a mesma impassibilidade com que vejo arder este cigarro.

Mas pensava o mancebo que de feito no outro dia, a uma só palavra, toda aquela riqueza ia esvaecer-se como o fumo! mas ah! no momento da catástrofe, essa impassibilidade com que contava também se esvaeceu em presença da cruel realidade. Quase todo o dinheiro que trazia do Sincorá era falso; consistia em notas do mesmo padrão e valor daquelas que acabava de apresentar. Estava pobre como dantes. O rochedo, que acabava de conduzir até o cimo da montanha em dois longos anos de fadigas e perseverantes esforços, acabava de rolar no fundo dos abismos.

Era preciso ter na alma uma tríplice couraça de estoicismo para poder suportar impassível aqueles dois rudes golpes, desfechados um após outro pela mão da fatalidade. Elias, posto que não fosse das almas mais fracas, sentiu-se humilhado, acabrunhado e recalcado nesse antro de desesperação, para sair do qual só há uma porta – o suicídio.

Elias sentia viva necessidade de desabafar-se, de contar a alguém seus infortúnios; parecia-lhe que, se não o fizesse, se lhe rebentaria o coração. Mas na Bagagem não tinha um só amigo de confiança a quem abrisse sua alma, a não ser o velho Simão. Esse, Elias não sabia por onde andava, e ninguém lhe poderia dar notícias dele. Tinha, pois, de concentrar em si mesmo a tempestade, que ameaçava romper-lhe o coração.

Todavia não lhe era possível dissimular a seu hóspede o horrível revés por que acabava de passar, vendo em um instante reduzida a fumo a fortuna que à força de tanto trabalho e perseverança tinha sabido adquirir, no espaço de pouco mais de ano.

Depois de ter reunido por algum tempo o fel de seu infortúnio, Elias chamou de parte o negociante, e contou-lhe como depois de ter tentado fortuna na Bagagem sem resultado algum, e vendo-se quase reduzido à miséria, partira para o Sincorá em companhia de um homem desconhecido, que o convidara. Chegando ali, esse homem com toda a franqueza e generosidade o protegeu e auxiliou, colocando-o à testa do trabalho de suas lavras, em cujos rendimentos lhe dava consideráveis interesses. mas infelizmente esse homem, poucos meses depois, morreu de febre intermitente, deixando a Elias quase no mesmo estado em que saíra da Bagagem. Deu sepultura decente àquele bom e generoso protetor, a cujas cinzas sempre seria reconhecido, e chorou sobre sua sepultura lágrimas sinceras de dor e de saudade. Com os pequenos recursos que adquiriu durante aqueles poucos meses, continuou a garimpar em uma s datas que lhe eram próprias. Mas essas lavras eram pobres, e mal lhe davam para se ir mantendo. Já de novo a miséria o ameaçava de perto, quando um dia um moço de maneiras afáveis e de gentil e agradável presença apareceu no serviço em que ele trabalhava. Era um rico negociante, que andava comprando diamantes na mão dos garimpeiros, e que os pagava a bom preço. Todos os dias continuou a aparecer no serviço, comprava os diamantes que iam aparecendo sem reparar muito na qualidade nem no peso deles, e dava mostras manifestas de que queria protegê-lo e dar-lhe a mão. Por fim esse moço, estreitando cada vez mais suas relações com ele, e como reconhecesse nele bastante inteligência e fino trato no conhecimento dos diamantes, o induziu largar o garimpo e ser seu agente no negócio dos diamantes, dando-lhe avultados interesses. Graças a esse novo e opulento protetor, que negociava em grande escala, e que todos os meses enviava para a capital da Bahia partidas consideráveis de diamantes, Elias, que o servia com zelo e inteligência, adquiriu em pouco tempo um avultado pecúlio. nesse tempo o preço do diamante teve grande alta nos mercados europeus, de modo que puderam realizar os mais vantajosos negócios e Elias via o seu pequeno pecúlio duplicar-se, triplicar-se, de mês a mês, e em breve pôde fazer avultadas transações por sua própria conta. Enfim, em menos de uma no, achou-se possuidor de uma soma de 50 contos, o que, no sertão, já se pode chamar uma fortuna. Mas o seu bom protetor, que era ao mesmo tempo seu comissário oficioso para a venda das pedras na Bahia, era também o seu banqueiro e o depositário de seus valores. Tanta generosidade o confundia, o enchia de gratidão e não lhe permitia duvidar um só instante da boa fé e probidade de tal homem. Manifestando-lhe ultimamente o desígnio que formara de voltar ao seu país natal, notou, não sem estranheza, que nenhuma objeção lhe opôs, contentando-se apenas em manifestar o pesar que sentia pela falta que lhe ia fazer, dizia ele, um tão bom e prestimoso amigo. A Elias pouco importava que ele aprovasse ou não o seu desígnio; sua resolução era inabalável. Mas não podendo deixar sem pesar o generoso protetor quem tudo devia, esperava encontrar também da sua parte alguma relutância em deixá-lo partir, e alguma luta de sentimentos. Agora infelizmente caiu o véu ao mistério, e compreendia o motivo infame daquele procedimento. Toda aquela liberalidade e generosa proteção que lhe dispensava, era o laço execrando, que lhe estava armando. Tendo de retirar-se, o seu amigo e protetor contou-lhe todo o dinheiro seu, que tinha em seu poder, perto de 50 contos, tudo em notas daquele valor e padrão, que seu hóspede acabava de ver! E assim acabava ele de atravessar cheio de contentamento e de esperança duzentas léguas de sertão, cuidando trazer na algibeira a fortuna e a felicidade, quando não trazia mais do que um maço de papel sujo.

– Agora, concluiu tristemente o moço, veja lá se é ou não para desesperar esta minha situação!

– É triste na verdade, mas não ainda para desesperar. O senhor é ainda muito moço e com a atividade e inteligência de que dispõe, assim como em menos de dois anos adquiriu esses quarenta ou cinquenta contos falsos, agora com mais conhecimento do mundo e o escarmento dessa dolorosa experiência, pode também adquiri-los verdadeiros. O futuro é seu, meu amigo, e é vasto o campo das especulações.

– O futuro! oh! o futuro é só de Deus. Amanhã só Deus sabe o que será feito de mim!

Esta exclamação sussurrou apenas pelos lábios do moço, que, por assim dizer, a soluçara dentro do coração.

Ah! decerto pouco lhe importaria a perda de milhares de contos, que fossem, se esses contos não fossem o preço da felicidade de seu coração. Mas agora, que a felicidade lhe fugia para sempre, a perda desse dinheiro, que como um sonho se escoara de suas mãos, não era mais do que um pontapé com que o destino atirava desdenhosamente no abismo a vítima sangrada no coração.

Assim, pois, seu amor, suas esperanças, sua riqueza, sua felicidade, tudo isso fora uma ilusão, uma quimera. Reais só foram seus trabalhos e fadigas, suas angústias e inquietações; real era a perfídia de Lúcia; real só era a sua pobreza e a sua atual desesperação. A ideia do suicídio fixou-se no espírito do mancebo. Iria apunhalar-se aos olhos da pérfida, deixando-lhe por legado a sua maldição.

A maldição de quem morre é terrível, pensava ele, e paira eternamente sobre a cabeça do maldito.

X

A afronta

Esse dia, em que Elias se via calcado pela pesada mão da fatalidade até o mais fundo da miséria e do infortúnio, era sábado de aleluia. É esse justamente o dia de mais festanças e folias nas povoações do interior. À tardinha as guitarras e violões ressoavam por toda a parte, as serenatas se ensaiavam, e uma alegre celeuma rumorejava por todos os cantos da nascente povoação.

Em casa do Major nesse dia também a reunião era mais numerosa e animada do que de ordinário, não só por ser o dia que era, como também por se darem ali como umas festas esponsais, em que se iam de uma vez para sempre confirmar as solenes e recíprocas promessas do casamento de Lúcia e Leonel, que tinha de ser celebrado no domingo seguinte, chamado de Pascoela. Nesse dia o Major dirigira convites expressos a grande parte das pessoas mais importantes do lugar. Ao toque de Ave-maria já ali se achava reunida uma escolhida sociedade, e na pequena sala do Major reinava entre luzes e harmonias a maior animação e contentamento.

Contentamento!? oh! sim; ele se espelhava na fisionomia de todos, exceto na da infeliz Lúcia, que forcejava em vão para dar a seu semblante visos, se não de prazer, ao menos de sossego e serenidade. No propósito de disfarçar aos olhos dos outros, principalmente aos de seu pai e de seu noivo, a angústia que por dentro a pungia, vestira-se com todo o esmero, e até com certa garridice. Trazia vestido de alva e transparente garça, sobreposto a uma saia cor-de-rosa, segundo o costume encantador que estava em moda naquele tempo. O cinto era uma larga fita azul, cujas compridas pontas brincavam sobre as róseas ondulações da saia que a envolviam. Ao vê-la assim trajada poder-se-ia dizer com exatidão quase literal que era a aurora de um formoso dia surgindo entre nuvens de azul e rosas. As mangas do vestido nimiamente curtas deixavam-lhe ver quase completamente nus os braços cheios, mas mimosamente torneados. Na cabeça trazia por único enfeite uma rosa natural. Porém no meio de toda aquela faceira, mas singela casquilhice, ou fosse por um singular acaso, ou de propósito, via-se-lhe no peito uma saudade roxa: era o símbolo de seu coração.

Com o mesmo fim de disfarçar seus íntimos pesares, Lúcia procurava abafá-los no meio do turbilhão, conversando, dançando e brincando. Dobrado martírio para aquela nobre alma!

Enquanto na casa do Major tudo era alegria e folguedo, luz e harmonia, sozinho e merencório, com os cotovelos fincados sobre o parapeito da ponte que comunicava as duas partes da povoação, achava-se um vulto, que com a cabeça entre as mãos olhava fixamente para o ribeirão, que logo abaixo da ponte se despenha em rugidoras catadupas. Nos cachões revoltos da torrente via a imagem das ideias que lhe turbilhonavam no cérebro, dos sentimentos tempestuosos que lhe empuxavam desencontrada e dolorosamente o coração. O amor, a raiva, o ciúme, a vergonha, a sede de vingança, ora lhe traziam aos lábios um sorriso infernal de desespero, ora espremiam-lhe dos olhos lágrimas de fel e de fogo. De quando em quando erguia a cabeça, olhava para o alto da encosta, onde se avistava a linda casinha do Major difundindo em borbotões, luzes e harmonias, risadas e festivas vozerias. Tornava a curvar-se sobre o parapeito, rangendo os dentes e arrancando os cabelos como um possesso; depois com os olhos turvos namorava a torrente, que engrossada pelas chuvas dos dias precedentes roncava debaixo de seus pés. Num acesso de desespero ia precipitar-se; mas...

– Ainda não! murmurou com voz cavernosa. É preciso vê-la ainda uma vez, uma só e morrer. Quero ver tudo por meus próprios olhos; quero assistir às exéquias de minha felicidade, que lá se estão celebrando com tanta pompa e regozijo. Depois... me imolarei sobre elas. Vamos! coragem! apresentemo-nos lá; pouca gente reparará na minha presença... ah! talvez nem ela! ... que importa? vamos!

E saiu da ponte precipitadamente, encaminhou-se à casa, onde foi compor melhor o seu vestuário, e dirigiu-se resolutamente pelo caminho da casa do Major.

Não estranhem os leitores a sem-cerimônia com que Elias, sem motivo algum plausível, vai apresentar-se em casa do Major em uma noite de festim, sem a ele ter sido convidado. Nas povoações do sertão de Minas, antes que a malfadada política de aldeia tivesse penetrado por elas, degenerando ou estragando a singeleza dos costumes primitivos, as famílias, pela cordial intimidade que entre elas reinava, eram como grupos diversos de uma só família. As portas das salas de recepção nunca estavam fechadas. Nunca se soube o que é um criado, ou o cordão de uma campainha para anunciar uma visita, e muito menos um porteiro. Nos dias de regozijo e festa principalmente, as portas e janelas estavam francas para os passantes que quisessem ver ou tomar parte no regozijo, sem que ninguém lhes embargasse o passo, porque todos eram amigos e conhecidos íntimos.

Os leitores podem fazer ideia das emoções que agitavam o espírito de Elias ao aproximar-se daquela casa, e portanto me dispensarão da difícil, senão impossível, tarefa de descrevê-las.

No momento em que Elias chegou, um homem cantava, acompanhando-se ao violão. Elias estremeceu ao ouvir aquela voz; parecia-lhe já a ter ouvido em alguma parte. Demorou-se um pouco no corredor até que acabasse o canto. A porta, que do corredor dava entrada para a sala, estava aberta de par em par. Porta e corredor estavam atulhados de gente de toda a classe, que escutava o cantor. Apenas este se calou entre palmas e bravos, e o povo começou a mover-se e agitar-se, aproveitando-se do rebuliço geral, Elias, para não ser notado, envolveu-se na turba e foi-se encaminhando para a sala. Ao chegar porém ao limiar da porta, estacou de súbito, como se um relâmpago dando-lhe nos olhos lhe tivesse ofuscado a vista. O que vira ele?...

No fundo da sala, bem defronte da porta, viu sentada Lúcia com os olhos baixos e as feições um pouco abatidas, mas deslumbrante de beleza. O pudor e a comoção tinham-lhe acendido nas faces desbotadas pelo sofrimento uma ligeira cor, como a leve sombra de rosa, que lhe ondeava na alva garça do vestido.

Ao seu lado e meio voltado para ela, envolvendo-a de olhares ardentes e apaixonados, estava o feliz trovador, sustendo ainda nas mãos seu alaúde. Apenas Elias fitou-o por um momento, reconheceu no noivo de Lúcia, quem? ... o seu execrável protetor da Bahia, o moedeiro falso, o roubador de sua fortuna! O ladrão de sua felicidade era o mesmo ladrão de sua bolsa! Depois de lhe furtar o dinheiro no Sincorá, correra à Bagagem para roubar-lhe o coração de sua amante! ... Sim, era ele; ele mesmo, que ali estava rico à custa de sua miséria, feliz à custa de seu infortúnio.

O primeiro impulso do coração do moço foi chegar-se a Leonel, arrancá-lo pelo braço de junto da sua noiva, puxá-lo para o meio da casa, e dizendo-lhe: ladrão, quero marcar-te na cara! imprimir-lhe nas faces uma bofetada. Mas teve prudência bastante ainda para sopear aquele primeiro movimento. Desviou os olhos dos dois noivos e procurou pela sala o Major. Descobriu-o logo bem perto da porta sentado junto a uma mesa, e dirigiu-se a ele.

– Major, dá licença? ...

– Pode chegar; quem é? ...

– Não me conhece mais, senhor Major? ... disse o moço avizinhando-se.

– Ah! o senhor Elias! ... por aqui! ... há bem tempo que não o vejo, e nem tenho notícias suas. Então, por onde andou? quando chegou? conte-nos isso.

– Cheguei ontem, e não pude resistir ao desejo de vir vê-lo e cumprimentá-lo, apesar de que a hora e a ocasião não sejam próprias... peço-lhe desculpa...

– Obrigado. Fez muito bem; esta casa está sempre aberta para os amigos, em toda e qualquer ocasião.

– Muito lhe agradeço tanta bondade, e por estar certo dela é que me atrevi a procurá-lo mesmo em tal ocasião.

Elias fazia um esforço supremo para dominar e disfarçar a tempestade que lhe ia dentro d'alma. Por seu lado o Major também estava longe de sentir no coração o prazer que procurava aparentar, com o aparecimento de Elias naquela ocasião. Bem conhecia a mútua afeição que, há longo tempo, existia entre sua filha e o jovem uberabense, e que era ela a causa da tristeza e do abatimento em que Lúcia há tanto tempo vivia, e da repugnância que sempre mostrara m aceitar marido. Agora, porém, que essa repugnância estava vencida, segundo ele pensava, e que o tempo e um novo afeto iam produzindo o desejado efeito, o aparecimento inesperado daquele rapaz não podia produzir em seu espírito agradável impressão, e não deixava de recear que a sua presença pudesse perturbar o complemento de seus projetos. Este receio subiu de ponto ao notar os olhares desvairados e o acento estranho da voz do mancebo, que debalde procurava dar a todo o seu ser um ar da mais fria indiferença.

– Nesta ocasião principalmente, meu amigo, prosseguiu o Major continuando a conversa, sinto especial prazer em ter mais uma testemunha, e da qualidade do senhor, da felicidade de minha filha, pois tenho a satisfação de participar-lhe que muito brevemente vai-se casar com o senhor Leonel, aquele belo e distinto cavalheiro que lá se acha junto dela.

– Já disso tive notícia, e dou-lhe os meus sinceros parabéns.

– É um excelente moço. Não há quem o veja, que desde a primeira vista não fique gostando dele. Quero ter a honra de desde já o apresentar a ele.

O simples do Major pensava que com esta formal declaração dava logo in limine golpe de morte a toda e qualquer esperança que ainda porventura Elias alimentasse a respeito de sua filha. Não tinha ideia da veemência das paixões enérgicas e profundas que, em vez de cederem, mais se inflamam diante dos obstáculos que se lhes opõem.

– Com muito gosto! vamos, senhor Major. Também desejo felicitar a noiva, disse Elias com um tom de amarga ironia que não escapou ao Major.

Este travou-lhe do braço, e o foi conduzindo para junto dos noivos.

– Senhor Leonel, disse ele ao chegar defronte dos noivos, tenho a satisfação de lhe apresentar este meu patrício e amigo, que acaba de chegar de fora, o senhor Elias.

Leonel estremeceu, e olhou rapidamente para Elias. depois, reportando-se, fez um breve aceno com a cabeça, e o cumprimentou friamente.

Esta recepção fez ferver o sangue a Elias, que, resolvido a desmascarar aquele embusteiro, dirigiu-lhe resolutamente a palavra:

– Oh! senhor Leonel! ... já não me conhece? ... tenho infinito prazer em torná-lo a ver.

– Pois quê! exclamou o Major, então já se conheciam? ...

Leonel levantou-se pálido, e com visível perturbação largou, ou, antes, deixou cair sobre a cadeira o violão que tinha nas mãos, e bastantemente enfiado balbuciou:

– O senhor é... quem? ... não me lembro de todo.

– Pois deveras não se lembra de mim, continuou Elias em voz alta; veja lá... olhe bem para minha cara.

– Não; de todo não me lembro; tenho má memória, e lido com tanta gente, replicou Leonel recobrando aos poucos sua seguridade habitual.

- Pois não se lembra de Elias, o seu amigo, o seu protegido do Sincorá?

– Elias! ... resmungou o baiano como que forcejando por lembrar-se, não sei... talvez com um esforço de memória... no Sincorá! ... conheci e protegi tanta gente lá.

Aquela fatuidade e arrogância, aquele desdenhoso esquecimento, fosse real ou fingido, fez perder de todo a paciência a Elias, que bradou com toda a força de seus pulmões:

– Diga antes, senhor Leonel, enganei e roubei lá tanta gente!

– Insolente! gritou Leonel; senhor major, este homem ou é um doido, ou está bêbado; se o não fizer desaparecer imediatamente daqui, retiro-me da sua casa para nunca mais voltar...

– Cala-te, ladrão, bradou Elias; e, agarrando com mão de ferro o braço de Leonel, antes que ninguém pudesse estorvá-lo, em dois arrancos o arrastou para o meio da sala exclamando: És um ladrão, e hei de marcar-te na cara! ...

Imediatamente se ouviu o estalo de uma bofetada nas faces do baiano. Um punhal reluziu na mão deste; mas já ambos estavam cercados e separados por uma turba imensa.

– Que desaforo, senhor Major! exclamava um; isto não se tolera! como admite em sua casa um doido destes!

– Prendam! prendam esse biltre, bradava outro. Se não é algum malvado, é algum doido, ou algum bêbado.

– Este rapaz noutro tempo mostrava ter juízo, dizia um terceiro, que conhecia Elias. Não sei como agora se lhe virou o miolo por esta maneira! ... mande aferrolhá-lo imediatamente; é um homem perigoso.

O Major dava aos diabos o momento em que se lembrara de apresentar a Leonel aquele endiabrado rapaz, e, entendendo que o despeito e o ciúme lhe tinham transtornado o juízo, tratou de dar providências para segurá-lo bem.

Elias rodeado e segurado por uma multidão de esbirros oficiosos, que lhe dirigiam impropérios e baldões, foi dali arrastado para a casa da prisão, enquanto Leonel, cercado por seus amigos, brandia em vão o punhal, vomitando ameaças, e baforando vinganças.

Lúcia trêmula e atônita assistira àquela escandalosa cena sem dela nada compreender. Retirou-se como que assombrada para seu quarto; mas, naquele incidente, em que todos viam um deplorável e horrível desacato, ela entrevia como que um lampejo de esperança. Ela, e só ela acreditara nas palavras de Elias, e o julgava cheio de razão.

Leonel retirou-se para sua casa, respirando vingança, mas aterrado dentro d'alma com o aparecimento fatal daquele moço.

XI

De mal a pior

Elias tinha gasto cerca de quatro meses em sua viagem do Sincorá à Bagagem. Quando disse a seu hóspede que apanhara febres intermitentes na margem do S. Francisco, não tinha mentido, se bem que naquela ocasião nada sentisse que delas procedesse. Essas sezões que apanhou em caminho foram que, com grande desespero seu, demoraram-lhe a volta por mais de dois meses.

Durante esse penível trajeto foi que o público e o governo brasileiro deram fé da grande quantidade de notas falsas que tinham sido introduzidas na circulação, e que se começaram a dar as mais enérgicas providências para descobrir e capturar os fabricantes e introdutores da moeda falsa. Esta notícia, porém, ainda não tinha penetrado pelos sertões que Elias tinha de atravessar do Sincorá a Bagagem; por isso ao chegar a esta povoação pôde ter conhecimento da abominável fraude de que fora vítima.

Leonel era um dos agentes mais audazes e ativos dessa sociedade de moedeiros falsos, cujo centro existia na Bahia e que se ramificava pelo império inteiro.

Por aí já se pode avaliar de que têmpera era a consciência daquele homem, e de que perversidades não seria capaz. Tinha porém o dom de ocultar sua perversidade debaixo das mais brilhantes e sedutoras exterioridades, e a todos iludia e fascinava.

Depois de ter passado centenas de contos de notas falsas no Sincorá e em outros pontos de sua província, assentou de percorrer outros pontos do império, prosseguindo em suas criminosas especulações. Girando assim constantemente, e no caso que ela lhe quisesse deitar a garra, pôr-se-ia a salvo atravessando o Atlântico. Na Bagagem, porém, o atrevido cavalheiro de indústria achou nos olhos de Lúcia um engodo irresistível, que o deteve nessa localidade por mais tempo do que desejava. Logo que a viu, tomou-se de uma paixão cega pela moça, não inspirada por um casto e sincero amor, mas filha desse desejo material e libidinoso das almas libertinas, e jurou possui-la custasse o que custasse. Para logo conheceu a impossibilidade de seduzir e lançar no caminho da desonra aquela alma tão nobre, aquele coração tão casto. Mas o casamento, para Leonel, era um meio tão simples como outro qualquer de trazer-lhe aos braços a mulher que cobiçasse. Abandoná-la depois, onde e quando quisesse, era para ele também negócio de bem pouca ponderação. Entregue à descuidosa cegueira que resulta da prosperidade e da opulência, nem pensava na possibilidade de encontrar naquelas paragens alguma das vítimas de suas fraudes, e quase que já nem se lembrava de Elias, e, ou ignorava ou já não se recordava de que país era ele. Estava além disso persuadido que nos sertões as leis e a justiça são impotentes contra quem quer que tenha na carteira algumas centenas de contos de réis.

O escandaloso incidente, que tinha tido lugar em casa do Major, fizera viva impressão no espírito da população, que em peso estigmatizava o ato violento de Elias. O Major, cheio de indignação e de susto ao mesmo tempo, era o mais empenhado em exigir a punição de tal atentado, a despeito da oposição de Leonel, que clamava em altas vozes que dispensava a vindita das leis, e que ali ou em qualquer parte saberia desforrar-se cabal e categoricamente.

Elias, que na Bagagem poucas relações tinha, passou aos olhos de todos por um louco, um desmiolado. O horrível logro de notas falsas, de que fora vítima no Sincorá, já tinha sido divulgado, mas nem assim o público quis se convencer que Leonel pudesse ter a mínima parte naquele acontecimento, tal era a satânica habilidade deste para embair a todos e captar a geral estima e confiança. Esse fato, longe de escusar a Elias, serviu para explicar e confirmar a convicção em que muitos estavam, de que o rapaz endoidecera.

Ainda outra circunstância contribuiu para dar mais vulto a essa convicção. O Major tivera a ingenuidade de revelar em presença de muitas pessoas a paixão de Elias por sua filha.

– Bem conheço o motivo de tudo isto, disse ele, este pobre rapaz há muito tempo gostava de Lúcia, e parece que tinha a louca pretensão de casar-se com ela. A paixão e o desejo transtornaram-lhe a cabeça, coitado! tenho pena dele; mas não devo tolerar que fique impune semelhante desacato.

Assim o infeliz Elias, para cúmulo dos males, era objeto da compaixão desdenhosa de uns, dos motejos de outros, e do ódio de alguns. Somente o negociante, em cuja casa se hospedara, e a quem tinha contado sua triste aventura, tinha motivos para não acompanhar a opinião do vulgo; mas, homem de espírito fleumático, não querendo ir de encontro ao parecer de ninguém, guardava para si sua convicção, esperando que o tempo viesse deslindar aquele negócio, o que julgava que não poderia tardar muito.

– Tantos contratempos viraram-lhe a bola, dizia um.

– Era um rapaz pacífico e prudente, ajuntava outro, não sei que diabo lhe entrou na cabeça para fazer aquela estrada!

– Coitado... observava outro, de um dia para outro viu-se roubado em tudo que possuía, e atraiçoado em seu amor... o caso é mesmo para enlouquecer.

Assim, enquanto Leonel campeava insolente e orgulhoso, protegido pela estima e simpatia geral, Elias jazia em uma prisão, como um pobre maluco, que apenas merece um pouco de compaixão.

Do seio de sua prisão Elias formulou uma denúncia contra Leonel. Mas Elias era um maníaco; as autoridades desprezaram a denúncia, embora estivesse concebida nos termos mais sensatos e procedentes.

Leonel, para remover toda e qualquer suspeita que alguém pudesse nutrir a seu respeito, quis que se desse rigorosa busca em tudo quanto era seu, em todos os valores que trazia consigo, e nada encontrou que o pudesse comprometer.

Todavia, como bem se pode julgar, Leonel estava longe de viver tranquilo depois daquele desacato, e esperava com a maior impaciência e inquietação o domingo seguinte para efetuar o seu casamento, e depois – com a noiva ou sem ela – evaporar-se. Teria desaparecido incontinenti, se esse passo não viesse despertar contra ele as mais bem fundadas suspeitas, não fosse um terrível indício, uma confissão tácita de seu crime. Via-se enleado em um labirinto, cuja saída se lhe ia tornando extremamente difícil.

Mas como Elias nenhuma outra prova tinha contra ele mais do que a sua palavra, e além disso estava por poucos dias a ver-se livre do compromisso que ainda o detinha na Bagagem, ainda não julgava tão crítica a sua situação que devesse tomar logo o partido extremo da fuga. Para manter-se na reputação que soubera conquistar, de leal e honrado cavalheiro, forçoso era levar a cabo o odioso drama em que se envolvera. Uma vez casado, ou a pretexto de ir arrecadar seus bens, ou em virtude de uma carta que recebesse de seu pai ou de sua mãe, que estava à morte, chamando-o junto a si, se retiraria poucos dias depois muito honestamente, e sem despertar suspeitas teria tempo de pôr-se a salvo.

Para melhor disfarçar sua perfídia e mais arras dar de generosidade e cavalheirismo, como o crime de Elias era particular, e por ele não poderia ser acusado sem haver parte queixosa, Leonel desistiu da acusação judiciária, mas protestando sempre que apenas o visse solto, ou havia de morrer às suas mãos, ou havia de lavar em seu sangue a afronta de que fora vítima.

Mas seus amigos tiveram o cuidado de dissuadi-lo, fazendo-lhe ver que nenhum desdouro sofria em sua honra em consequência do desatino de um louco rematado; que ele seria tão louco como o seu ofensor se fosse arriscar a sua existência nas garras de uma fera intratável, por motivos de pundonor; que se vingava do coice de um burro, ou da cornada de um touro bravio.

Leonel, que não primava pela coragem, e que sabia quanto o seu adversário era vigoroso e destro no manejo de toda a espécie de armas, mostrou ceder com dificuldade a estes conselhos, reservando-se todavia interiormente o direito de tomar alguma cobarde e traiçoeira vingança, se porventura tivesse ocasião.

A riqueza, principalmente quando é acompanhada de um verniz de cortesia, generosidade e cavalheirismo, é sempre cortejada e adulada.

Leonel tinha pois uma numerosa roda de aduladores, que só para não incorrerem em seu desagrado deixaram de cumprir um dever de humanidade para com o pobre moço, que jazia na prisão sozinho, abandonado, sem ser visitado por quase ninguém.

Elias passou essas amargas horas, umas vezes sepultado em profundo abatimento, numa letargia da alma e do corpo, outras em acessos de raiva e exasperação, esbravejando, vociferando, e dando com a cabeça pelas paredes. Estes transportes de furor ainda mais confirmaram a crença em que estavam, de ter ele caído em alienação mental em razão dos horríveis contratempos que o tinham fulminado naqueles últimos dias. O infeliz bem via e conhecia os motivos do abandono em que o deixavam seus conterrâneos por amor de um astuto aventureiro que os soubera engordar, e os lamentava do fundo da alma: mas não podia refletir, sem estremecer e encher-se de furor, na sorte que esperava a pobre Lúcia, nas garras daquele bandido sem fé, sem costumes, sem consciência; e o que mais desesperava ainda era o pensar que ela ali estava bem perto, ela! que era a causa de todos os seus sofrimentos, ouvindo talvez tranquila os seus bramidos de dor, e reputando-o, como os demais, um louco digno apenas de comiseração.

Estas e infindas outras considerações dolorosas davam-lhe febre e delírio; sentia arder-lhe o crânio e o coração túmido de angústias como que lhe não cabia no peito. A ideia do suicídio, que há dois dias antes lhe apresentara como o único meio de livrar-se daquela situação infernal, já não lhe sorria. O desejo de ver-se vingado o prendia à vida, e essa vingança ele a entrevia pendente sobre a cabeça dos culpados, ameaçadora e terrível. Era esta esperança que o alentava e o fazia suportar com alguma resignação as inclemências da sorte e as injustiças dos homens.

XII

Moedeiro falso

Lúcia, abalada violentamente em todo o seu organismo pelo inesperado aparecimento de Elias e pela triste cena a que dera lugar na noite de sábado, caiu em uma prostração febril e profunda, que nos primeiros dias chegou a causar sérios cuidados a respeito de sua existência. Aquela alma forte, aquela feliz e vigorosa organização enfim sucumbiu à luta atroz que há tanto tempo trazia travada com os sentimentos do coração. Às vezes delirava, e então o nome de Elias lhe vagava sempre pelos lábios no meio do tropel de suas ideias confusas e incoerentes. Só então seu pai reconheceu que o amor de sua filha não era uma simples veleidade de criança, um capricho da imaginação, mas uma dessas paixões veementes e profundas, que com os obstáculos mais se exaltam, e que nunca mais se desalijam do coração onde uma vez entraram. Mas era tarde; o mal já estava feito, e era irremediável.

Leonel, como era seu dever, foi visitar sua futura esposa com vivas mostras da maior angústia e consternação, mas dizendo dentro de si: – Oh! se ela sucumbiu já, que redenção para mim! Como noivo foi sem escrúpulo introduzido no quarto da enferma em ocasião em que esta parecia estar mais tranquila. Lúcia em um estado de marasmo mal se percebeu da visita que era apresentada, e respondeu à sua saudação e a suas perguntas com tal indiferença, que bem mostrava não saber ela com quem estava falando. Por fim Leonel para despertar sua atenção tomou-lhe uma das mãos entre as suas, e debruçando-se sobre o rosto da enferma que se achava reclinada sobre o travesseiro, dirigiu-lhe em tom afetuoso estas palavras:

– D. Lúcia, olhe-me; não me conhece? ... sou eu; é o Leonel... é o seu esposo...

– Meu esposo! meu esposo! ... quem é? É Elias?

E levantando um pouco o rosto e abrindo os olhos, que até ali conservara quase fechados no torpor da febre, fitou-os em Leonel...

– Ah! gritou ela espavorida, e recuando para o canto da cama. Não! não é Elias! não é meu esposo! é o ladrão... lá está a marca na cara! ... fuja, senhor! fuja daqui! ...

Leonel pálido e horrorizado levantou-se bruscamente, e saiu do quarto sem dizer palavra.

Para qualquer outro homem, que amasse verdadeiramente, aquela revelação do delírio – como o sonho da esposa do conde d'Este – teria sido um raio fulminador. Mas naquela ocasião Leonel, dissipado o primeiro assombro e terror que lhe causaram as palavras delirantes de Lúcia, viu nelas uma aurora de esperança, um sinal de redenção. Depois do desacato que sofrera em casa do Major, tinha-se mil vezes arrependido do compromisso que tomara pedindo em casamento sua filha, compromisso que agora o envolvia nas mais sérias dificuldades; e posto que fosse grande o desejo de possuí-la uma noite sequer, contudo maior era a necessidade que tinha de se pôr a salvo, evitando algum futuro incidente que o viesse perder completamente, e não sabia que meio excogitasse para conseguir esse fim sem comprometimento seu. Quando pediu a mão de Lúcia, não lhe ocorrera que corria então a quaresma e que forçoso lhe seria espaçar por tanto tempo o seu casamento. Se de tal se lembrasse, talvez não se arriscasse a tanto. O aparecimento de Elias e a cena da noite de sábado chamavam as atenções sobre ele. As folhas da corte começavam a falar muito no aparecimento de notas falsas, e nos esforços e diligências que o governo empregava por todo o império para descobrir e prender os moedeiros falsos. Estava-se na terça-feira, e até domingo próximo Deus sabe o que poderia acontecer. Portanto, por mais lisonjeiro que fosse o conceito de que ainda gozava na Bagagem, por mais confiança que nele depositassem, a posição do jovem baiano era das mais críticas e arriscadas.

Já pelas ruas lhe tinham constado os antigos amores de Lúcia e Elias, e posto que esse rumor vago não fosse ainda um motivo bastante sólido para determinar um rompimento, todavia Leonel estava disposto a prevalecer-se dele, e agarrar-se a essa única tábua de salvação que a sorte lhe deparara.

Pode-se pois calcular com que íntima e viva satisfação saiu da casa do Major, posto que levasse no rosto a máscara da tristeza, depois que a revelação de Lúcia, posto que resultado do delírio, veio romper de um só golpe todas as malhas da rede terrível em que tão imprudentemente se tinha enleado.

A visita de Leonel foi feita pela manhã; o pai de Lúcia não estava em casa. Nessa mesma tarde Leonel voltaria para retirar sua palavra, desfazer o contrato, e despedir-se, e nessa mesma noite desapareceria da Bagagem; tal foi o projeto, que imediatamente formulou em seu espírito.

Elias, ao sair da prisão tratou imediatamente de abandonar aquela terra, onde tinha visto quebrarem-se um por um todos os elos da cadeia dourada de seus sonhos, terra de maldição, como dizia ele, coito de fariseus vis e desalmados, que só rendem culto ao ouro e ao diamante, e que seriam capazes de entregar até o próprio Cristo, se entre eles aparecesse, à sanha de seus algozes por um punhado de ouro. Despediu os camaradas que ainda lhe restavam, vendeu animais e bagagens que lhe eram desnecessários, e, sem nada dizer, nem despedir-se de ninguém, montou a cavalo sozinho e subiu pelo caminho que vai para o Patrocínio. Essa estrada passava pela frente da casa de Lúcia a algumas braças de distância. Ao avistá-la, Elias sentiu um horrível aperto de coração. Mas um irresistível atrativo como que o detinha ali; retardou o passo do animal, e perscrutou com as vistas todos os lados da casa a ver se avistava Lúcia, ou alguém da casa; não viu ninguém. Aplicou o ouvido à escuta de alguma voz, de algum rumor, que dali partisse; mas reinava na casa o maior silêncio e quietação, como se nela ninguém morasse. Ainda mais se lhe anuviou o coração de melancolia.

– Adeus, Lúcia! adeus! murmurou o moço lançando um triste e derradeiro olhar sobre a casa do Major. Perdoa o estouvamento que cometi; não serei eu mais que irei perturbar teu sossego e tua felicidade. Mas ah! queira Deus que em breve não experimentes o rigor do castigo do céu. Adeus!

E esporeando o cavalo desapareceu na mata pelas voltas do caminho.

Na tarde desse mesmo dia Leonel, montado em um lindo ginete, subia o caminho da encosta que o conduzia à casa de Lúcia. Ia desfazer o contrato de casamento, e despedir-se, e ia altivo e resoluto, porque de feito o motivo que tinha para assim proceder era o mais legítimo e nobre; mas tal motivo não bastaria para demover de seus perversos desígnios aquela alma obcecada e habituada ao crime, se não fora o risco que corria sua pessoa demorando-se por mais tempo na Bagagem. Sua intenção era desaparecer nessa mesma noite, para o que já dera as necessárias providências.

Para arredar de si qualquer suspeita, deixaria uma carta para ser apresentada a todos os seus amigos, na qual lhes faria ver que retirava-se porque não lhe era possível, nem lhe ficava airoso por modo nenhum demorar-se, nem mais um instante, em uma terra onde acabava de ser vítima do mais escandaloso desacato e do mais profundo dissabor por que pode passar o coração do homem. levava contudo a mais grata lembrança daquele país e de seus habitantes, e protestava seu reconhecimento a todos que o honraram com sua amizade.

Exultando com o acontecimento que lhe dava tão plausível motivo de pôr-se a salvo sem despertar suspeitas, o jovem baiano chegou à porta da casa do Major.

No momento de apear-se achava-se bem junto à porta um homem de grotesca figura, pobre e andrajosamente vestido, mas calçado e com uma gravata esfarrapada ao pescoço, e da aparência a mais benigna e submissa que se pode imaginar. Este homem, depois de tirar respeitosamente o amarrotado chapéu de pêlo, fazer uma profunda reverência e pegar no estribo para apear-se, desdobrou e apresentou a Leonel um papel sem lho entregar.

– Ah! já sei! exclamou com impaciência o mancebo, sem ao menos olhar para o papel. É alguma subscrição... é um chuveiro delas todos os dias. Em outra ocasião, meu amigo... apareça em minha casa.

– Perdoe-me V. S^a^. ; não é isso de que se trata; tenha a bondade de ler o papel.

Leonel tomou o papel, passou por ele um ligeiro lance de vista, empalideceu, e num instante desarmou-se-lhe todo aquele ar de segurança e imponência que o revestia. Depois, com ar espantadiço olhou para todos os lados como quem queria correr. O homem lançou-lhe a mão ao punho, e disse-lhe com solenidade:

– V. Sª. está preso à ordem do senhor delegado de polícia.

– Infâmia! ... eu! ... eu mesmo! ? é impossível; há engano da sua parte, meu caro.

Dizendo isto, Leonel ia entrar para a casa do Major. O homem o deteve.

– Perdão; V. Sª. há de acompanhar-me.

– Vou só dar um recado, e volto neste instante.

– Não, senhor; tenho ordens apertadas.

O moço mordeu os beiços de raiva.

– Pois bem! disse, vamos lá! onde quer me levar?

E ia montar a cavalo.

– Perdão, meu senhor; tenha paciência. V. Sª. há de ir a pé. Eu vou puxando seu cavalo.

– Biltre! bradou o moço encolerizado e levantando o chicote, o cavalo é meu; tenho de ir à casa, e não quero ir a pé.

E já ia pondo o pé no estribo. O meirinho apitou, e súbito dois soldados, surgindo por detrás de uma cerca vizinha, acudiram prontamente, e colocaram-se aos lados de Leonel. Este abaixou os olhos trêmulo e convulso de raiva e de vergonha, e disse aos guardas em tom rápido:

– Vamos! ... vamos depressa! quero saber que maroteira é esta.

O que ele queria porém era evitar a vergonha e humilhação de ser visto naquelas circunstâncias pelo Major e Lúcia. Lúcia estava doente em seu quarto; mas o Major e algumas outras pessoas da casa já tinham acudido à janela.

– O que é isto, senhor Leonel! ? o que é que estou vendo! exclamou o Major. Camaradas, que quer dizer isto? aqui há decerto algum engano. Que fez este homem?

– Ele melhor o sabe do que nós, senhor Major, disse um dos soldados; pergunte a ele.

– Não se inquiete, Major, disse Leonel. Estou preso, é verdade; mas há sem dúvida algum equívoco. Eu vou já deslindar tudo isto, e breve estou de volta.

E foi saindo a passos rápidos no meio dos dois guardas, e acompanhado pelo meirinho.

Nesse momento vinha descendo pela estrada que passava pela frente da casa a uns cem passos de distância, um cavaleiro todo embuçado em seu ponche e com o rosto quase inteiramente encoberto por seu largo chapéu desabado. Ao presenciar aquela cena, parou, deixando que primeiro passassem a escolta e o preso. Quando iam passando por diante dele, ergueu o chapéu e descobrindo o rosto, clamou com acento de voz satânico:

– Ainda bem, que a vingança do céu veio mais cedo do que eu esperava!

A esta voz Leonel, que marchava rapidamente e com os olhos cravados no chão, levantou sobressaltado a cabeça, estremeceu, cambaleou, e teria caído, se não se tivesse escorado ao braço de um dos guardas. Tinha reconhecido Elias.

Elias, que na manhã daquele mesmo dia tinha partido com o firme propósito de nunca mais voltar a Bagagem, ao sair da mata e avistar as vastas e formosas Campinas que se estendiam diante de seus olhos, sentiu cobrir-lhe o coração uma nuvem da mais sombria tristeza, e a custo se arrancava daqueles sítios onde deixava para sempre sepultadas suas esperanças e sua felicidade. As rédeas bambaleavam frouxas ao pescoço do animal, que marchava como lhe aprazia, enquanto o cavaleiro se esquecia no abismo de seus melancólicos pensamentos. A cada espigão que transpunha, cada buritizal que via atrás de si pelos imensos chapadões, sentia-se-lhe desfalecer a alma, a fraquear a resolução. Seu imenso amor, talvez também uma réstia de luz de esperança, que ainda lhe bruxoleava no fundo d'alma, ou mesmo algum oculto pressentimento o arrastava para junto de Lúcia. Enfim, tanto refletiu, calculou, devaneou, que, depois de ter cismado muito e andado bem pouco, estaria apenas a três léguas de distância, quando já o sol descambava, torceu bruscamente as rédeas ao cavalo, e voltou a galope.

– Vamos! exclamou; quero ir ver com meus próprios olhos a consumação de minha desgraça. Sim! quero ver, assistir a tudo; e seja para ela a minha presença como imagem viva do remorso, e como prelúdio da vingança que não tardará a cair do céu.

Quis o acaso que Elias chegasse exatamente a ponto de assistir ao ato da prisão de Leonel. Depois desta cena a que já assistimos, Elias enterrou outra vez o chapéu sobre os olhos, esporeou o cavalo e seguiu seu destino, murmurando consigo:

– Ah! Lúcia! Lúcia! tu me traíste, mas nem assim meu coração pode odiar-te, e agora sinto-me feliz por te ver livre das garras daquele malvado, do que por me ver tão cabal e solenemente vingado!

XIII

Os vizinhos

Depois da triste ocorrência da noite de sábado, Lúcia bem quisera mandar a Elias um bilhete, um simples recado mesmo, não para reatar relações culpáveis com seu antigo amante; seu honesto coração repelia semelhante ideia, mas para explicar seu procedimento, pedir-lhe perdão, e dizer-lhe um derradeiro e eterno adeus. Mas como? sempre rodeada de pessoas que a cercavam de cuidados às vezes importunos, não lhe era possível satisfazer esse desejo. Seu pai mesmo, receando que de novo se reavivasse um sentimento que já supunha quase extinto, posto que tivesse toda a confiança na honestidade de sua filha, contudo, à vista do estado de exaltação em que caíra sua imaginação enferma, julgou necessário observá-la com todo o cuidado e vigilância.

Esta contínua obsessão ainda mais lhe irritava o espírito, e aumentava os martírios do coração. Ser odiada, desprezada talvez por Elias sem deparar um meio de justificar-se para com ele e pedir-lhe perdão, era a mais pungente das torturas que a atormentavam. Queria só poder lhe dizer:

– Elias, tens razão de me odiar, de me amaldiçoar mesmo; mas acredita-me, eu não sou culpada; um dia saberás tudo, e estou certa que me perdoarás. Eu te amo ainda, e te amarei sempre; mas o céu não quer que sejamos um do outro. Curvo-me à impiedade de meu destino, esperando que a morte em breve virá pôr termo a meus martírios. Adeus! ...

Seriam estas as últimas palavras, que lhe dirigiria, e depois se devotaria inteira ao sacrifício que lhe era imposto. Mas nem isso, nem esse extremo consolo lhe era dado, e ainda mais penível se tornava sua situação, quando se lembrava que naquela fatal noite Elias apenas lhe relanceara um olhar sinistro e exprobrador.

No dia em que fora preso Leonel, Lúcia inculcando-se restabelecida, levantou-se da cama, em que há dois dias jazia; mas achava-se ainda muito alquebrada para poder sair do quarto.

Logo depois da cena da prisão, o Major dirigiu-se ao quarto de sua filha.

– Minha filha, disse ele, reveste-te de paciência e de coragem; tenho mais um triste contratempo a anunciar-te.

– Qual é, meu pai? ... fale! fale! ...

– Não te aflijas, querida Lúcia. O golpe é bem sensível, mas creio que mais para mim, do que para ti. O negócio há de ser sabido imediatamente, e antes que outro te conte, quero que o saibas de minha própria boca.

– Então o que é, meu pai? ... pode falar sem susto. Eu já estou acostumada a ouvir más novas.

– Acabo de assistir a uma cena bem triste. Leonel, o teu noivo, acaba de ser preso aqui à porta de nossa casa! ...

– Sim, meu pai?! ... exclamou Lúcia, levantando-se com um brilho estranho nos olhos, que o pai tomou por um novo acesso de delírio, e que não era mais do que um lampejo de uma alegria que quase se parecia com a loucura.

– Sim? continuou ela. O Sr. Leonel preso? e por que, meu pai?

– Não sei ainda; mas sem dúvida pelo crime de moeda falsa, de que o acusava o pobre Elias... E ninguém acreditava! ... meu Deus! ... como são as coisas deste mundo! ...

– E que sina a minha, meu pai! ah! não há nada certo nem seguro neste mundo!

– Tranquiliza-te, minha filha; e dá graças ao céu que nos veio livrar talvez das garras de um embusteiro, de um monstro. Foi para nós uma felicidade.

– Foi mesmo, meu pai; foi uma felicidade muito grande. Aquele homem, não sei por que, fazia-me medo. Uma antipatia invencível me arredava dele... Ah! ... foi como se me tirassem um peso de cima do coração!

– E como te resignavas a casar-te com ele? ...

– Era um sacrifício, meu pai.

– Sacrifício!

– Sim, meu pai, um sacrifício, mas um sacrifício para sua felicidade e de minha irmã; um sacrifício imposto pelo dever. Já não se lembra de assim mo ter declarado?

– Lembro-me, Lúcia; mas se soubesse que tinhas tanta repugnância...

–Muita! muita repugnância!

– Se eu o soubesse, antes queria sofrer toda a sorte de misérias, do que tornar para sempre desgraçada a minha filha...

– É verdade! eu seria muito, muito desgraçada.

– E por que te não abrias comigo com toda a franqueza?

– À vista do que meu pai me falou, era meu dever calar-me e submeter-me.

– Ó boa e querida filha... e como teu coração adivinhava! e eu, cego e cruel pai que eu era! te ia arrastando sem piedade para tão duro sacrifício! ... perdoa-me, minha Lúcia. Louco e desventurado pai que sou! ...

– Meu pai, esqueçamo-nos de tudo isso; agora só devemos nos alegrar e dar graças ao céu que tão a tempo nos veio livrar das mãos daquele homem que só queria a nossa perdição.

– Tens razão, minha filha; demos graças ao céu. Adeus; vai descansar. Ainda não estás boa, e tens necessidade de repousar. Adeus.

Apenas o Major saiu, Lúcia foi lançar-se de joelhos aos pés de um crucifixo, que tinha pendurado à cabeceira do catre, e com todo o fervor de seu coração murmurou esta oração de graças:

"Ó meu pai do céu, eu vos rendo infinitas graças pelo imenso benefício que acabais de fazer-me, livrando-me das ciladas e um malfeitor, que me queria arrojar no abismo da perdição e da desgraça. Eu bem sei que não merecia tão assinalado favor, mas vós sois bom, e tivestes piedade de mim. Mas lembrai-vos também do infeliz Elias! ... O pobre Elias! ... tem direito de me querer mal... só me falta o seu perdão. Ah! Elias! quando souberes de tudo, tu me perdoarás... "

Mal ia Lúcia acabando aquela prece, que do trono do Onipotente ia sensivelmente se desviando para a pessoa de seu amante, quando entrou Joana no quarto.

– Estava rezando, sinhazinha? faz bem; o rezar alivia muito o coração da gente, quando está aflito.

– Estava, sim, Joana; o que me queres?

– Aqui está, disse a escrava apresentando-lhe um bilhete.

Pelo sobrescrito Lúcia logo conheceu que era de Elias. O coração pulou-lhe de alegria; ainda uma vez voltou a Deus seu pensamento agradecido. Sem demora abriu e leu o bilhete. Mas logo à primeira linha sua fronte se anuviou e o brilho de seus olhos se empanou de lágrimas. O bilhete dizia assim:

"Adeus, Lúcia! adeus para sempre! foste bastantemente leviana para me desprezares por um aventureiro desconhecido, só porque tem algum dinheiro e uma bela aparência. Praza ao céu que bem cedo não te arrependas, e que não venha a ser ele mesmo o algoz que me vingará de tua ingratidão! Vou para bem longe procurar esquecer-me de ti; não sei se o conseguirei. Quando esta receberes, já estarei mui longe daqui. Adeus! esquece-te também de mim. "

Lúcia já esperava que naquela carta não poderiam vir senão queixas e exprobrações. Elias ignorava as circunstâncias fatais que a tinham forçado a dar o – sim – a Leonel; tinha pois sobeja razão para acusá-la e queixar-se amargamente. Mas aquela partida repentina, aquela amarga despedida para todo o sempre, lhe dilaceravam o coração. Ah! nunca mais vê-lo, nunca mais poder-se justificar para com ele, ela, inocente vítima, que ia imolar-se em um sacrifício, que a mão de Deus acabava de afastar de cima de sua cabeça, ser condenada a viver odiada e desprezada pelo ente a quem mais amava no mundo! Este pensamento continuamente a atormentava, e não podia perdoar a Elias a precipitada sofreguidão com que a condenava, e se animava a abandoná-la para sempre, sem ter-lhe ouvido uma palavra, agora que o destino parecia querer abrir-lhe de novo o caminho da esperança.

– Oh! exclamava ela chorando, é preciso ter bem pouco amor para proceder assim. Eu não o condenaria tão de leve. Mas decerto que ele não me ama como eu o amo.

Entretanto ainda uma vaga esperança a alentava. Elias talvez chegasse a ter conhecimento, se é que já não tinha, do sucesso que trouxe ou havia de trazer inevitavelmente o rompimento de seu contrato de casamento com Leonel. Se lhe tinha verdadeiro amor, havia por certo de arrepender-se da precipitada resolução que tomara de nunca mais vê-la, e voltaria. Se não fosse o amor, a curiosidade mesmo o faria voltar, e, quem sabe? também desejo a vingança para ter o prazer de vê-la humilhada em razão do triste desfecho da projetada união. Fosse porém qual fosse o motivo que o trouxesse, ela só suspirava por vê-lo na Bagagem; não faltaria ocasião de revelar-lhe tudo o que ocorrera, e o seu perdão era certo.

Como já vimos, Lúcia não se enganara: a resolução desesperada de Elias apenas tinha durado algumas horas. Mas antes que Lúcia o soubesse, teve de passar ainda muitos dias de cruel incerteza e inquietação.

Elias, em consequência dos profundos pesares e violentas comoções de espírito por que havia passado durante aqueles dias, sofreu um novo e grave ataque de febre intermitente que tinha apanhado em sua volta do Sincorá, ataque que o prostrou na cama por muitos dias. Não querendo incomodar nenhum dos habitantes da Bagagem, contra os quais estava possuído do mais vivo e justo ressentimento, recolhera-se a um tosco e pobre ranchinho, separado cerca de um quarto de légua do rio acima do grosso da povoação, onde era tratado por uma pobre parda velha, sua conhecida de Uberaba, que como tantos outros tinha mudado para a Bagagem os seus penates.

Elias conhecia e trazia consigo os medicamentos necessários para combater sua moléstia, e portanto, dispensou o médico que a boa velha em vão instava que se chamasse. Graças a esse curativo e aos cuidados da caridosa enfermeira, no fim de oito dias achava-se inteiramente fora de perigo.

Durante essa forçada reclusão, as dores físicas o incomodavam menos do que as inquietações do espírito e as amarguras do coração.

Lúcia não lhe saía do pensamento. Nos sonhos delirosos da febre ela lhe aparecia, ora risonha e feliz ao lado de um esposo, amável e brilhante cavalheiro; e então lhe escapavam bramidos roucos de raiva e desespero, que pareciam despedaçar-lhe o peito. Ora a via pobre e envolta nos andrajos da miséria, mas pura, santa e sempre fiel à lembrança de seu amor; e então lágrimas doridas lhe rebentavam dos olhos; chorava e soluçava como uma criança. Sabia que com a prisão de Leonel achava-se desfeito o casamento de Lúcia, que o Major estava arruinado, e que a miséria em breve prazo o esperava a ele e a toda a família. Esta consideração o enchia de amargura; então mais que nunca maldizia o infame embusteiro que o iludira, praguejava a sorte e blasfemava contra o céu.

Na sua pobre cabana ninguém o vinha ver, porque ninguém o supunha ali, crendo todos, em razão do seu desaparecimento, que tinha saído da Bagagem.

Um dia disse-lhe a velha caseira:

– Meu moço, Vmcê. está aqui tão só, não tem com quem conversar; isto não está bom; não quer que eu chame algum de seus amigos para entreter o tempo?

– Amigos! ... oh! minha velha; pelo amor de Deus! não me fale nos amigos da Bagagem, quisera antes ver o rosto de Satanás.

– Pois como? ... não há por aí nem uma viva alma com quem tenha tomado caipora? ! ...

– Nenhuma, minha velha, nenhuma! ... mas não... minto... havia uma: um velho e pobre camarada. Em vão tenho perguntado por ele... ninguém me dá notícias; nem sei se é vivo ou morto.

– E é só esse?

– Ainda há mais outra pessoa; e essa eu daria a minha vida para vê-la, ainda que fosse um instante; mas essa, ai de mim! ... essa não pode vir aqui.

– Vá vendo, que é alguma moça bonita.

– É verdade! ... muito bonita; bonita como não há nem pode haver nenhuma.

– Mas, meu moço, Vmcê. está muito doente para pensar agora em moças bonitas. Pense na Virgem Santíssima, que é quem lhe há de valer.

– Entretanto se essa de quem falo, me aparecesse agora aqui, estou certo que no mesmo instante eu sararia.

– Então é mágica?

– É mais do que isso; é um anjo.

– Anjo! ... nesse caso não me canso em ir procurá-la, porque é coisa que não existe mais neste mundo.

– Não te canses mesmo, minha velha; tu não a encontrarás; nem ela virá cá. Ela é do céu; não pode descer a este inferno em que estou penando.

XIV

A lavadeira

No dia seguinte bem cedo a boa velha veio pressurosa acordar Elias.

– Levante-se, meu moço; o dia amanheceu bonito, e tenho uma bela notícia para lhe dar.

– Boa notícia para mim! ... não é possível! para mim! ... neste mundo já não pode haver notícia nem boa nem má. A única boa notícia que me poderiam dar era que já morri.

– Qual! quem fala agora em morrer! ... dou-lhe parte que temos agora aqui perto uma bela vizinhança: já Vmcê. não ficará tão sozinho.

- Vizinhança! oh! que bela nova! tomara que me deixem sozinho, e que eu nunca lhes veja a cara. Senão me mudarei ainda para mais longe.

– Sozinho se veja o diabo! ... olhe que uma vizinhança como esta não é para desprezar. É um velho, uma menina muito linda, e uma moça bonita como um sol. Não os conheço, nem me lembro de ter visto essa gente em parte nenhuma.

– Mas não me recordo de ter visto casa nenhuma aqui por perto, e pensei que estava livre de toda a vizinhança.

– Pois não viu uma casinha coisa de uns cem passos ali mais adiante?

– De todo não me lembro; também eu estava tão doente...

– Também a casa é tão pequena, é como esta mais ou menos, e está tão escondida no mato, que mal se avista.

– Então são tão pobres como nós? ...

– Assim parece, ou talvez mais ainda, coitados; mas parece ser muito boa gente. Quando fui apanhar água fresca numa fonte que há para lá da casa, pediram-me para encher o pote, e estive conversando um pouco com eles. O homem estava para dentro; mas a menina é muito dada e muito meigazinha; a moça é também muito boa e bonita, meu moço, bonita até ali... mas não sei que tem, que anda tão triste! ... comparando mal, parece uma imagem de Nossa Senhora das Dores.

– Pois de todo não sabes quem é essa gente? de onde é? de onde veio? perguntou com sÔfrega curiosidade Elias, a quem um súbito pensamento tinha atravessado o espírito.

– Nada sei de todo.

– Um velho, uma moça e uma menina, não é o que disseste?

– Tal e qual.

– Um velho alto e cheio de corpo...

Isso mesmo.

– A menina é morena e terá dez ou onze anos. A moça é clara, bem feita, olhos grandes, cabelos castanhos...

– Justamente! ... pelo que vejo, são seus conhecidos? ...

– Parece-me que sim.

– Um velho, uma moça, uma menina! refletiu consigo Elias, e com estes sinais! não podem ser outros. O Major estava em vésperas de completa ruína! ... infeliz família! ...

– E não tiveste ocasião, continuou Elias, de ouvir o nome de alguma das pessoas da família! ...

– Acho que sim... espere... Ah! agora me lembro... ouvi o velho chamar lá de dentro a moça pelo nome de... de... Lúcia.

- Lúcia! ... que nome divino acabas de pronunciar, minha boa velha! são eles mesmos! é ela! ... ah! desventurada Lúcia! e mais desventurado de mim, que não posso valer-te! ...

– Estou vendo que essa moça é o anjo de que Vmcê. há pouco falava? ...

– É, minha velha, é ela mesma. E dirás ainda que os anjos não andam cá pela terra? ...

Elias não teve mais sossego, e levantou-se imediatamente. Só a ideia de que ali tão perto dele achava-se Lúcia, dava-lhe vigor e alma nova. Era impetuoso, irresistível o desejo de vê-la; mas ao mesmo tempo a lembrança da pobreza, em que ia encontrá-la, o contristava e enchia-lhe de amargura o coração. Vieram-lhe ao espírito todos os tristes transes de sua vida passada, e refletiu amargamente sobre os cruéis e estranhos caprichos da sorte. Ele, que outrora fora quase que despedido da casa do Major, e considerado indigno de pôr os olhos em sua filha, ele que há poucos dias fora tratado desabrida e brutalmente em casa do mesmo Major por amor de um infame aventureiro, ele o via esse mesmo Major, a seu lado, tanto ou mais miserável do que ele próprio. Se tivesse alma maldosa e vingativa, oferecia-lhe então uma bela ocasião de espezinhá-lo humilhando-o com a sua visita; a sua presença por si só seria um sarcasmo vivo que devia encher de confusão e vergonha aquele homem outrora tão fátuo e ambicioso. Mas Elias nada tinha de vingativo e rancoroso. Sua alma nobre era incapaz de desrespeitar o infortúnio de quem tanto adorava.

Entretanto crescia-lhe o desejo cada vez mais impaciente de ver Lúcia. Passado o abalo e a comoção violenta dos primeiros dias, e enfraquecido o corpo pela enfermidade, acalmou-se a irritação do espírito do infeliz mancebo, começou a refletir com mais frieza, e uma voz interior como que o advertia de que Lúcia era inocente, e o amava ainda como sempre, e que algum motivo muito poderoso a forçara a condescender com a vontade de seu pai.

Posto que ainda bastante fraco, Elias parecia lesto e disposto como em seus dias de perfeita saúde; uma força interior o reanimava como por encanto. Seu primeiro cuidado foi ir ver, ainda que a certa distância, a casinha em que viera habitar a família do infeliz major. Era uma tosca choupana, a última que se via à orla do caminho que seguia rio acima para o comércio de Mundim. Mas essa choupana aos olhos de Elias tinha mais encantos que um palácio: era o templo que encerrava uma divindade.

Sentado sobre a relva que se estendia pela encosta acima em frente de sua casinha, esteve por largo tempo contemplando-a e examinando-a minuciosamente; mas não viu ninguém. Apenas a fumaça que saía pelo telhado, e algum rumor confuso de vozes atestavam que a choupana era habitada. Depois de estar ali mais de uma hora a contemplar a casa, e embebido em mil pensamentos, ora risonhos e esperançosos, ora amargos e sombrios, a porta se abriu, o Major saiu, e imediatamente a porta se fechou. Envolvido num largo sobretudo, chapéu de pêlo de lebre, carregado sobre os olhos, a cabeça descaída sobre o peito, arrimando-se a uma grossa bengala, lá ia o Major a caminho da povoação.

Ao vê-lo, Elias teve o mais profundo dó e sentiu apertar-lhe o coração. Como estava a certa distância do caminho, o Major passou sem vê-lo.

– Onde irá aquele infeliz pai, pensava Elias; que irá fazer? Irá talvez envidar os últimos esforços para achar algum meio de manter com decência sua pequena família, tão digna de melhor sorte! irá talvez vender alguma jóia que ainda resta a suas filhas, para dar-lhes um pedaço de pão! ... E a que portas vais bater, infeliz Major! ... de uns monstros sem consciência e sem entranhas, que folgam com a desdita alheia, como folga o urubu ao ver expirar o animal em que vai cravar o imundo bico faminto de carniça. Esses mesmos, que ainda ontem regozijavam-se em tua casa, comendo e bebendo à tua custa, hoje apenas se dignarão testemunhar-te um pouco de compaixão. Cega-os a gana do dinheiro; piores que os lobos, são capazes de devorarem-se uns aos outros por um punhado de ouro. Major! Major! eles vos arrancarão até a camisa do corpo, e tomai bem cuidado sobre vossas filhas! eles são capazes de roubar-te esse único tesouro de teu coração, esse último consolo de teu infortúnio! ...

A voz da velha enfermeira o veio despertar daquelas sombrias reflexões.

– Olá, senhor Elias! ... o que está aí a banzar? ... fuja desse sol, que está ficando muito quente; venha tomar seu caldo. Então? perguntou ela depois que Elias se aproximou; então, viu os novos vizinhos?

– Vi somente o velho: é muito meu conhecido.

– Falou com ele?

– Não; ele saiu de casa, e passou por mim sem ver-me; coitado! vai tão cabisbaixo! ainda ontem era rico; hoje, minha velha, talvez lhe possamos dar esmolas!

– Forte pena! ... mas Deus é grande; há de compadecer-se deles. Eu tenho mais dó é das pobres meninas, coitadinhas! tão mimosas, tão bonitinhas! há de custar-lhes bastante acostumarem-se com a pobreza.

– Talvez não; foram criadas na roça, e estão acostumadas com o trabalho. O pai não tinha outro defeito senão o de ser muito fanfarrão e todo enfatuado de riqueza e fidalguia. No mais era um homem de bem, e soube dar excelente educação a suas filhas. Mas nem por isso são menos dignas de lástima.

– E por que não vai fazer-lhe uma visita, e oferecer-lhe o nosso préstimo; coitados! ... Não digo hoje, mas amanhã ou depois, quando melhorar...

– Esse é o meu desejo; mas...

– Mas o quê? ... há de ir; são nossos vizinhos, e talvez lhe possamos prestar nalguma coisa.

Elias bem ardia em desejos de ir ver Lúcia. Mas, ofendido há tão pouco tempo pelo Major em seu amor-próprio, sentia certa repugnância em ir visitá-lo, e demais receava que ele pensasse que sua visita naquela ocasião tinha por fim humilhá-lo e mortificá-lo. Visitar Lúcia na ausência do pai, também sua natural delicadeza não permitia, principalmente naquela condição em que ela se achava; era dever duplamente sagrado para ele respeitar-lhe o recato e a reputação.

Elias passou essa manhã a excogitar um meio de ver Lúcia sem encontrar-se com o Major; mas seu cérebro abrasado e debilitado pela moléstia não lhe sugeriu nenhum. À tarde o acesso febril o prostrou na cama, e forçoso lhe foi renunciar por esse dia ao seu desejo.

No dia seguinte amanheceu muito melhor. O Major saiu como na véspera à mesma hora. Elias que não ousava fazer uma visita formal à casa de seus vizinhos, começou a rondá-la em torno, mas em certa distância respeitosa, a ver se por acaso entrevia de longe a sua querida Lúcia, e esperando que o acaso lhes proporcionaria ao menos um momento de entrevista. O sítio era inteiramente ermo. A casa tinha um grande cercado ou quintal quase inteiramente inculto, e contíguo ao quintal da casa de Elias, tendo ambos nos fundos por limites o ribeirão. Elias rodeou primeiramente o cercado pelo lado exterior, passou pela frente da casa e desceu até à margem do ribeirão, enfiando ávidos e perscrutadores olhares por todas as janelas, através das cercas e dos arvoredos. Se alguém o visse, nada poderia suspeitar; ia embuçado em seu capote, arrimado a um bastão, era um pobre enfermo em convalescença, que dava o seu passeio higiênico. Não viu ninguém.

De volta à casa lembrou-se de fazer a mesma excursão pelo lado interior do quintal de sua casa, que ficava contíguo ao dos vizinhos. Aquele também estava coberto de arbustos silvestres e capoeira inculta, de maneira que, por entre as moitas, podia Elias muito a seu sabor e sem ser visto observar por entre paus mal unidos da cerca todo o quintal vizinho, e mesmo divisar algumas vezes o terreiro. Teria dado como uns trinta passos ao longo da cerca que ia morrer à beira do rio, quando ouviu vozes de mulher um pouco mais abaixo. O coração pulou-lhe cheio de alvoroço; cuidou ouvir a voz de Lúcia! Foi-se aproximando com precaução até o ponto donde partiam as vozes, colocou-se à cerca, espreitou e viu...

A pequena distância da cerca um jorro d'água caía por uma bica em um tanque raso alcatifado de cascalhos, no qual Lúcia, com os pés descalços mergulhados n'água, a saia do vestido, presa por um lenço, regaçada quase até os joelhos, o corpo do vestido descido, os róseos seios mal cobertos pela fina e transparente camisa e os compridos cabelos ajuntados atrás por uma fita, caindo-lhe pelas espáduas, estava lavando roupa.

Debruçada sobre o tanque, cujas águas borbulhando-lhe em torno beijavam amorosas as duas colunas de alabastro nelas mergulhadas, dir-se-ia Vênus no momento em que nascia da espuma do mar, ou branca açucena que ali nascera à beira da fonte, e pendia o cálix a mirar-se em seu cristalino regaço. Nunca Elias, nos dias em que ela era rica e feliz, no meio das festas e do esplendor do luxo, nunca a vira tão linda, tão fascinadora assim. O coração batia-lhe com tal violência, que tinha medo que fosse ouvido e traísse a sua presença ali. Entretanto quase se envergonhava de estar ali espreitando às escondidas e profanando com suas vistas o inocente e descuidoso desalinho daquela casta criatura. Queria fugir, mas seus pés pregados à terra, e seus olhos não podiam desviar-se daquela Angélica figura que os fascinava, e se Lúcia nunca dali saísse, Elias também ali ficaria para sempre, ou então de um salto transpondo a cerca, iria se arrojar aos pés dela, se do lado de cima da bica não estivesse em pé uma escrava que com ela conversava. Era a boa e fiel Joana, que acabava de colher nos canteiros destroçados daquela inculta horta um punhado de ervas para o parco jantar da família, enquanto a senhora lavava roupa.

Não é só a morte que nivela as condições; o destino às vezes a antecipa, e se compraz em curvar a cabeça dos ricos e orgulhosos até beijarem o pó da terra, e coloca escravos ao nível do senhor. Mas o destino é cego, e o raio que fulmina sobre a cabeça do culpado também às vezes debruça sobre o lodo o lírio puro da inocência e da virtude.

Quando Elias as avistou, a conversa das duas estava tocando a seu fim.

– Tem paciência, sinhazinha, dizia a escrava. Nossa Senhora do Patrocínio há de ter piedade de nós. Querendo Deus, tudo se há de arranjar e nós ainda havemos de voltar para nossa roça. Mas enquanto isso se não arranja, aqui está sua negra velha, que ainda pode trabalhar para Vmcês. todos...

– Mas tu hoje és forra, Joana; deves ir cuidar na tua vida...

– Que me importa lá isso? ... por acaso eu pedi alguma alforria? entreguem-me cá a minha carta, e hão de ver como eu a faço em pedacinhos e atiro tudo no fogo.

– Isso não, Joana! ... tal não farás. Fui eu que pedi a meu pai te forrasse, e sabes por quê? ...

– Eu sei lá! ... de certo foi porque sinhazinha não me quer mais; quer ficar livre de mim...

– Pelo contrário, Joana, foi para não ficar sem ti. Se não fosses forra, irias cair nas mãos dos credores de meu pai, como todos os outros escravos da casa.

– Credo! Nossa Senhora me guarde! ... então, não; quero a minha carta; quero ser livre para poder ser escrava de minha sinhazinha. Esses diabos desses homens! Deus me perdoe! ... parece que não são batizados. Meu senhor já valeu a eles todos, e agora não tem um só que tenha piedade dele. Má peste que os persiga! ... Agora vou cuidar na janta... sinhazinha fica aí?

– Fico, Joana; podes ir; vou acabar de enxaguar esta roupa.

– Deixa isso, sinhazinha. Eu logo venho acabar de lavar e estender toda essa roupa; não esteja se matando sem precisão.

– Não gosto de estar à toa, e bem sabes que não é a primeira vez que lavo roupa, e também isto me serve de distração.

– Não tem medo de ficar aqui sozinha?

– Medo de quê? ... quem pode vir me fazer mal aqui neste ermo?

– Está bem, disse Joana retirando-se. Assim mesmo eu vou chamar sinhá Júlia para ficar com Vmcê.

– Não é preciso, Joana... Júlia está ocupada com uma costura que é preciso acabar hoje mesmo. Eu também lá vou neste instante.

Nenhum favor melhor podia o céu fazer a Elias naquele instante do que deixar Lúcia ali sozinha; e dir-se-ia que Lúcia adivinhava, e queria ficar só, como se tivesse ajustado uma entrevista. A emoção de Elias subiu de ponto. Não fosse uma excessiva ousadia, uma profanação, teria de um salto transposto a cerca e iria cair a seus pés...

Logo que Joana desapareceu por entre os arbustos do quintal, Lúcia deixou a fonte, e sentou-se sobre a grama do coradouro, pousou a face em uma das mãos, e pôs-se a cismar. Era um modelo perfeito para a estátua de uma náiade. Depois tirou do seio uma carta, e lançou sobre ela um olhar. Seus olhos arrasavam-se de lágrimas.

– Que crueldade, meu Deus, exclamou ela, deixar-me assim arrebatadamente, e abandonar-me tão sozinha e desamparada neste ermo... isto é de quem ama deveras? ... e além de tudo, a pobreza! ... Meu Deus! ... não sei o que será de mim... hei de morrer de tristeza! ... se me dissesse ao menos onde foi! ... eu dera tudo para saber onde ele está! ...

Ouvindo estas palavras, Elias não pôde mais conter-se; pulou a cerca, e em dois saltos estava ao pé de Lúcia.

– Eis-me aqui, Lúcia! ... eis-me aqui a teus pés! exclamou o mancebo.

Lúcia assustada deu um grito, e ergueu-se rapidamente. Num relance desatou da cintura o lenço com que suspendia as saias, e com ele compôs os ombros e os seios que trazia quase nus. Lembrava Vênus, quando do traje de ninfa caçadora, em que estava disfarçada, transfigurou-se subitamente aos olhos de Enéias em verdadeira deusa, deixando tombar-lhe aos pés as vestes roçagantes.

– Perdoa-me, minha Lúcia! perdoa a minha ousadia; ela é filha do muito amor que te consagro. Eu estava ali... eu te ouvia, e eu te amo; vê se era possível conter-me. Se ainda me amas, tu me perdoarás.

O sobressalto de Lúcia não tardou em transformar-se na efusão de uma celeste alegria.

– Se ainda te amo!... exclamou, pois duvida ainda?...

– Sou tão infeliz, que custo a acreditar em tamanha ventura.

– Compreendo. Pensa que lhe fui infiel; que traí o nosso amor. Tinha razão para pensar assim; mas quando souber o que houve, estou certa que me há de perdoar.

– Não tenho nada que perdoar-te; eu é que devo pedir-te perdão de meu estouvamento e precipitação. Meu coração já adivinhou tudo. Mas entretanto conta-me, minha querida Lúcia, conta-me como tudo isso foi...

Aquela entrevista, que o acaso preparara, durou apenas meia hora; mas meia hora de gozos e efusões d'alma, de delícias inefáveis, meia hora tão cheia de amor e felicidade, que aos olhos de Elias compensou largamente dois anos de agros sofrimentos e ásperos trabalhos, meia hora que ele trocaria de bom grado por um século de viver ordinário.

Entretanto Lúcia contou-lhe rapidamente a história de seu projetado casamento com Leonel, as solicitações de seu pai, e as tristes circunstâncias que a arrastaram àquele sacrifício, que além da felicidade lhe custaria também a vida, mas que ela julgava necessário e de seu dever para felicidade de seu pai e de sua irmã.

– E não te lembravas, disse Elias com um triste sorriso, que nesse sacrifício arrastavas mais uma vítima?...

– Oh! se me lembrava! ... mas eu nem notícias tinha de ti... e, mesmo que as tivesse, a não estares em circunstâncias de valer a meu pai, levarias a mal esse sacrifício, se infelizmente se consumasse? ...

– Não, minha Lúcia... eu não teria remédio senão admirar-te, embora se me estalasse de dor o coração. Mas a carta que te escrevi do Sincorá, acaso não chegou-te às mãos?

– Chegou, Elias; mas em que momento, meu Deus? Eu acabava de dar o meu consentimento, de comprometer solenemente a minha palavra para com meu pai; já era tarde. Faz ideia de quanto era triste e desesperadora a minha posição.

– Pobre Lúcia! quanto és boa... quanto és adorável e sublime! se antes eu te amava, de hoje em diante eu te admiro, eu te adoro, e não me julgo digno do amor de uma criatura tão superior, de um anjo, de que o mundo não é digno.

– Se não te julgasse digno, eu nunca te amaria, e não teria passado por tantas aflições e angústias só por amor de ti. Mas, hoje sou feliz. Deus teve piedade de mim, arredou de meu caminho aquele maldito homem, e restituiu-me o meu Elias...

– Oh! aquele homem parecia enviado ao mundo por Satanás para perturbar a nossa felicidade! Tudo que podia fazer meu prazer, minha glória neste mundo, ele pretendia arrancar-me; parece que o perseguia uma inveja feroz de tudo quanto era meu; queria para si o dinheiro de minha bolsa, o amor de meu coração, o ar de meus pulmões, o sangue de minhas veias. Mas o monstro apenas conseguiu roubar-me o fruto do meu suor, essa pequena fortuna que eu tinha adquirido... mas que importa isso, Lúcia! ... Deus ainda me conserva a mesma inteligência, a mesma atividade e disposição, e eu saberei adquirir outra...

– Mas por piedade! ... eu te peço, não me abandones mais; não vás mais procurar fortuna lá tão longe. Não quero mais que saias de perto de mim...

– Mas, Lúcia, eu sou pobre... tu também estás tão pobre como eu. Hoje há um motivo ainda mais forte para que eu empregue todos os esforços para adquirir alguma coisa; e se por aqui não for possível, devo...

– Deves amar-me, a mim só, e a mais ninguém. Somos ambos pobres; o destino nivelou nossas condições; e agora não há mais embaraço algum para nossa união! ...

– Mas a pobreza, Lúcia... por mim só eu a suportaria como tenho suportado, de coração alegre; mas doer-me-ia horrivelmente ver-te em minha companhia sofrendo as inclemências e privações da indigência sem poder erguer-te a uma condição mais feliz.

– Porventura já não sou tão pobre, Elias? e deixarei de sê-lo, se me abandonares? ... então antes queres me ver sofrendo sozinha os rigores da pobreza, do que em tua companhia!

– Mas olha, Lúcia; tu és muito moça, formosa e bem educada... não te faltarão maridos que, mais felizes do que eu, possam dar-te no mundo a posição de que és tão digna...

– Cala-te! ... não digas mais tal blasfêmia, eu te peço pelo nosso amor. Antes miserável contigo do que milionária com um Leonel, ou com quem quer que seja. Mas tu não irás mais para longe; fica por aqui mesmo na nossa terra; eu te peço pelo nosso amor, por tudo quanto mais queres neste mundo ou no outro... pela alma de teu pai e de tua mãe... em toda a parte se ganha com que passar a vida, e que necessidade temos nós de riquezas; o nosso amor será a nossa riqueza, e porventura não basta ele para nos tornar felizes?

– Sossega, minha querida Lúcia; não irei longe. O teu amor, assim como me enche o coração de felicidade, dá-me também toda a coragem e toda a confiança no futuro. É impossível que Deus não abençoe o trabalho de quem se esforça para amparar e fazer a felicidade de um anjo, como tu és. Mas olha, Lúcia, não quero, não devo pedir-te a teu orgulhoso pai, enquanto desta destra que vou oferecer-te, não puder escorregar um pouco de ouro.

– Ah... mas se isso não for possível, me abandonarás? ...

– Nunca, minha Lúcia, nunca! serei teu, sempre teu.

– Basta! ... adeus! já estamos aqui há muito tempo; alguém pode nos ver...

– Um instante ainda: escuta, Lúcia. Da minha malfadada fortuna do Sincorá restam-me ainda alguns destroços. Vou pô-los em jogo. Não sairei destes arredores. Saberás notícias minhas, e eu virei ver-te todas as vezes que puder; não sei que pressentimento me diz que seremos felizes, muito felizes. Adeus.

– Adeus... não te esqueças de mim e não me fujas mais.

– Não; nunca mais: eu te juro... por este beijo... mais este... e mais ainda. Adeus!

E dizendo isto Elias cingiu a moça a seu peito, e lhe deu um beijo em cada uma das faces e o último na boca. Era a primeira vez que tal ousava.

XV

Abnegação

O garimpeiro é como o jogador; sua esperança está sempre no seio da grupiara, como a do jogador nas cartas do baralho, nos dados ou no tabuleiro verde do bilhar; isto é, sua felicidade dorme na urna do acaso, de onde as mais das vezes nunca sai. Por mais que sejam os reveses com que a fortuna os maltrate, por mais que repila e os calque aos pés, esses cegos e pertinazes amantes estão sempre de rojo a mendigar favores aos pés daquela cruel e caprichosa amásia.

Elias possuía ainda algum dinheiro e objetos de valor, restos que tinham escapado à depredação de seu execrável protetor do Sincorá, e que podiam servir de princípio a novas especulações. Elias, que já tinha garimpado muito, tinha certo pendor natural para este gênero de vida; e apesar de ter dissipado o melhor de seu tempo e de seu dinheiro em explorar minas de diamantes, sem outro resultado mais do que contínuas perdas, nem assim perdera a fé em que estava de que do chão havia de lhe brotar a riqueza e a felicidade. Esta era a crença firme do seu velho camarada, crença que por muito repetida não deixava de fazer profunda impressão na imaginação algum tanto fatalista e supersticiosa de seu jovem amo.

Elias costumava também ter sonhos matizados de rubis e diamantes, e além disso, como já ouvimos da boca do velho Simão, uma cigana lhe predissera que sua estrela era de pedra. O amor não contribuía menos poderosamente para inspirar-lhe aquela resolução; suspirava impaciente pelo momento em que pudesse ver-se para sempre unido a Lúcia, e para esse fim só é que desejava enriquecer, e enriquecer depressa. Ora, a não cair do céu, só do seio da terra poderia ver surgir de um dia para outro uma fortuna. Demais a questão era de pouco tempo; em poucos meses, em poucos dias, em algumas horas mesmo poderia ficar resolvido o problema de seu destino. Elias era audaz e resoluto; com o primeiro sorriso de Lúcia voltara-lhe toda a sua coragem e seguridade, toda a sua confiança no futuro.

Comprou datas, engajou praças, e começou a trabalhar com atividade e ardor inconcebível. Mas ah! aquela terra da Bagagem para ele parecia ser amaldiçoada; parecia que o diamante sumia-se do lugar onde tocavam suas plantas!

Tinha-se escoado um mês, e com ele grande parte dos recursos de Elias sem o menor resultado. Montões de cascalho bruto aglomerado em torno das grupiaras, eis o fruto único que se via do trabalho do infeliz moço.

Durante esse tempo duas vezes viu Lúcia, mas com o coração pesaroso e cheio de tristes presságios não ousou comunicar-lhe o mau êxito de suas explorações, e embalou-a com vagas esperanças, que ele mesmo não alimentava. Mas nem assim desistiu ainda. Coragem! ... dizia ele consigo. Mais um pouco de paciência! ... mais quinze dias; mais um mês! às vezes a sorte do jogo está na última cartada.

E mais quinze dias, mais um mês se foram de insano trabalho, e de ansioso esperar, sem que a ingrata grupiara lhe entreabrisse nem mesmo um leve sorriso de esperança.

Elias já tinha o coração curtido de decepções; mas nem por isso este último insucesso deixou de lhe amargar cruelmente. Depois de tantas tentativas malogradas, depois de tantos e tão cruéis reveses, esbarrava enfim na muralha impenetrável do impossível. Cansou de lutar, e o desalento calou-lhe fundo pela alma adentro.

– Pobre ainda, meu Deus! exclamava o infeliz; pobre sempre, e cada vez mais pobre! e não poder dar a Lúcia, pobre ainda mais do que eu, senão a miséria em troca de seu amor! Ah! céu de bronze, que deixas exposta aos mais duros rigores da sorte a mais pura e a mais bela de tuas criaturas! ah! terra maldita, que escondes tesouros em teu seio avaro e deixas perecer à míngua o mais lindo dos seres, a mais formosa flor que te adorna a face! ...

Elias por si só bem pouco se importaria com a pobreza; estava afeito a suportá-la desde longo tempo. Mas cortava-lhe o coração ver a sua querida Lúcia, nascida e educada sempre no meio da abastança, sofrendo privações e quase reduzida à miséria, e condenada a trabalhar com suas próprias mãos para prover à sua subsistência, de seu pai e de sua irmãzinha. Blasfemava contra o céu e maldizia da Providência, que lhe negava sua proteção naquela nobre e santa tarefa em que se empenhava para arrancar à miséria aquela criatura digna do céu.

Desejava morrer, e a ideia do suicídio como um fantasma lúgubre lhe esvoaçava de contínuo pela mente. Mas lembrava-se de Lúcia, de Lúcia na miséria, e compreendia que era preciso viver para ela. Quem lhe poderia valer, se ele lhe faltasse? ... arrancar-se a existência naquela ocasião era talvez roubar a Lúcia o último, se bem que fraco arrimo, que lhe restava neste mundo. Naquelas circunstâncias já não era somente o simples amante de Lúcia; considerava-se um irmão, um pai.

Elias, completamente desalentado, abandonou de todo os seus serviços, e estava como que de braços cruzados em frente de seu destino inexorável a contemplar-lhe a sinistra catadura, sem ousar lutar contra ele e esperando que o esmagasse.

Elias tinha-se estabelecido no Comércio de baixo, chamado de Joaquim Antônio, que fica rio abaixo, a perto de uma légua da povoação principal. Há dois dias, desamparado da esperança, tinha abandonado o trabalho, e não fazia mais do que cismar na sua triste sorte, entregue às mais pungentes angústias e à mais cruel perplexidade.

Na tarde do segundo dia, estando à janela da casinha que habitava, envolto em suas cismas ordinárias, um rapaz entregou-lhe uma carta. Abriu-a imediatamente; era de Lúcia e dizia assim:

"Meu querido Elias. A sorte começa a conspirar de novo contra nós. Eu pensava que, caindo em pobreza, ninguém mais poria os olhos em mim, e que poderia amar-te tranquila e livremente, sem que a turba dos pretendentes, que outrora me importunava, viesse mais perturbar a nossa felicidade, por essa doce compensação que me trazia. Enganava-me, ai de mim!... Um de meus antigos pretendentes reaparece, e solicita com mil empenhos a minha mão. É um moço não muito rico, mas negociante bem principiado, e dotado, segundo dizem todos, de excelentes qualidades. Meu pai insta comigo com todas as forças para que me decida quanto antes. Tenho esgotado sem resultado algum todas as minhas escusas, e já não sei de que meio lançar mão para me defender. Infelizmente este não é um aventureiro desconhecido, um moedeiro falso, que de um instante para outro pode desaparecer entre as grades de uma cadeia. É do país, e geralmente conhecido e estimado por suas boas qualidades, e promete mil arranjos a meu pai. Não preciso dizer-te mais, meu querido Elias, podes ajuizar em que cruéis apuros me vejo de novo enleada. Nossa pobreza aumenta de dia a dia, e eu quase enlouqueço pensando nestas coisas. Aparece, Elias; só a tua presença me poderá inspirar resolução e coragem para arredar de nossa cabeça mais esta desgraça! Vem; eu te espero com ansiedade. Adeus! ... "

Acabada esta leitura, Elias entrou em acessos de furor; percorrendo a passos largos e precipitados a pequena sala em que estava, soltava bramidos de desespero, e chorava lágrimas de fogo, e batendo com a cabeça pelas paredes, arrancando os cabelos, vomitava blasfêmias e imprecações horríveis.

– Pois bem! bradava ele, já que o céu me não favorece, já não recompensa o trabalho honesto, condena a virtude às torturas da miséria, e só enriquece os ladrões, tomarei duas pistolas, irei me postar aí em qualquer ponto da estrada, e tomarei à força aos ladrões o que o céu desapiedado nega a um anjo. Que importa! ... estou certo que em cada negociante que matar mandarei para o inferno a alma de um ladrão, e é lá o seu lugar. É um crime!? não... pelo menos a consciência não me remorde... Não serei mais do que o agente da justiça do céu sobre a terra, já que nela não há nem sombra de justiça. Infames! ... não contentes de enriquecerem-se à custa do suor e das lágrimas dos pobres, ainda querem lhes roubar a felicidade, e julgam-se com direito a isso, porque sabem absorver o fruto do trabalho dos outros! Oh! por Deus, ou pelo diabo, que não há de ser assim! ... Este mundo! ... este mundo é o inferno dos bons e o paraíso dos malvados... E portanto o remédio é ou livrar-se dele para sempre, ou alistar-me no número dos malvados... Mas... que estou eu a dizer! ... eu endoideço! ... Lúcia! minha Lúcia! é pois verdade que devo perder-te! ... perder-te para sempre? ! ...

Este estado de exaltação, que quase tocava ao delírio, durou por largo tempo, até que veio a fadiga e a prostração. Por fim atirou-se na cama que tinha ali mesmo na pequena sala; já a noite ia adiantada, e graças ao torpor do cansaço dormiu algumas horas. Com esse repouso acalmou-se um pouco a irritação de seu espírito. Quando acordou, já os galos cantavam. Levantou-se, abriu a janela para refrescar a cabeça abraseada ao sopro das brisas da madrugada. Ainda não era dia. Debruçou-se sobre o peitoril e depois de estar a cismar largo tempo com a cabeça embebida entre as mãos, murmurou consigo:

– Está decidido! ... minha vida tem de ser sempre uma série de provações e martírio. É essa a vontade do céu, e é escusado lutar contra o destino. Portanto ou devo me desfazer dela desde já, ou resignar-me à minha sorte. O meu dever de cristão é curvar-me e aceitar cheio de resignação o cálix da amargura. Lúcia, a sublime Lúcia, já uma vez me deu o exemplo. Ela ia resoluta e corajosa sacrificar a sua felicidade ao bem-estar de seu pai e de sua irmã. Agora o céu me impõe igual sacrifício; saibamos imitá-la. Esquecê-la, deixar de amá-la, ah! não; isso não cabe no possível. Mas fugirei; irei morrer longe dela, ralado de desgosto e de saudade. Se o céu não me permite possui-la, saiba eu ao menos ser digno dela.

Elias tinha tomado uma resolução santa e sublime, digna de seu nobre coração. Ia retirar todas as promessas, protestos e juramentos que fizera a Lúcia, ia renunciar a todas as suas esperanças e imolar seu amor e sua felicidade ao bem-estar e ao futuro da família de Lúcia. O sacrifício era duro, mas a nobreza e magnanimidade daquela ação o exaltava aos olhos da própria consciência, e dava-lhe coragem bastante para levá-la a efeito. Iria ele mesmo em pessoa anunciar à sua amada a heroica resolução que tomara? ... nos primeiros momentos foi esse o seu pensamento; iria comunicar-lhe aquele desígnio que, estava certo, lhe fora inspirado pelo céu, e que julgava de seu rigoroso dever levar a efeito. Se ela fraqueasse, se recuasse diante da enormidade do sacrifício, embora! ele não desistiria do seu propósito, lhe faria ver que seria uma ação indigna, um crime da parte dele estar servindo de eterno embaraço ao sossego e felicidade de uma família a quem ele, pobre e desprotegido da fortuna, não podia servir de auxílio algum. Lembrar-lhe-ia que há bem pouco tempo ela, de seu próprio moto, se havia votado a um sacrifício semelhante, porque o julgava de seu dever, e que esse dever reaparecia agora, talvez ainda com mais forte razão; enfim procuraria por todos os modos vigorar-lhe o coração, e com suas palavras e seu exemplo não lhe custaria inspirar à nobre e virtuosa alma de sua amante a necessária coragem e resignação.

Mas Elias, depois de refletir melhor, teve medo de dar este passo e desconfiou da força de seu próprio coração. Julgou que por meio de uma carta conseguiria o mesmo resultado, evitando uma cena dilacerante, a que nem ele nem talvez ela pudessem resistir. Pegou na pena e escreveu a Lúcia a seguinte carta:

"Querida Lúcia: O destino me persegue, o céu me abandona, e eu nunca poderei ser mais que um esforço perene para a tua felicidade e de tua família. O céu votou-me a um perpétuo martírio; forçoso me é aceita-lo e resignar-me, porque é loucura querer lutar contra a onipotência do destino. O mesmo sacrifício, a que não há muito tempo te curvaste em virtude de um dever santo, hoje de novo nos é imposto a nós ambos pelo nosso inexorável destino. Resignemo-nos, minha querida, já que é essa a vontade do céu, e pede a Deus que nos inspire a resolução e coragem necessária para não desfalecermos no cumprimento deste doloroso dever. Cumpre-nos renunciar para sempre a este amor tão puro e tão ardente que era o sonho dourado do nosso porvir, e dizer eterno adeus à esperança e à felicidade. Embora o coração se nos rasgue entre as garras da angústia, a consciência estará pura e serena; e se nos não é possível ser unidos neste mundo pelo amor, ao menos procuraremos ser dignos um do outro pela virtude. Não creias que com esta triste separação vão quebrar-se os protestos e juramentos santos que proferimos nos nossos dias de esperança; não, porque nossas almas nunca se separarão: e sempre se marão, porque o amor é uma chama que o sopro do destino não pode apagar. E, se acaso estão rotos os juramentos de nosso amor, foi a mão de Deus que os desatou, impondo-nos um dever mais alto e mais santo. Adeus, Lúcia! ... Deus me é testemunho que, ao romper estes tão suaves laços, rompem-se-me também uma por uma todas as fibras do coração. Adeus; tem coragem para entregar teu destino a quem pode amparar-te. Quanto a mim, vou para bem longe amar-te ainda e sempre, até que a dor e a saudade venham pôr termo a meus tristes dias... Elias."

Quando Elias terminou esta carta, escrita com as lágrimas dos olhos e o fel do coração, sua fronte, coberta de palidez cadavérica, apesar do fresco da manhã que girava pela sala, gotejava bagas de suor frio. Dir-se-ia um condenado que lavrava com a própria mão sua sentença de morte.

Elias mesmo quis ser o portador de sua carta até à casa de sua velha enfermeira, onde encarregaria a esta de fazê-la chegar às mãos de Lúcia.

O sol que surgia dardejava seus raios horizontais por entre as copas das árvores seculares, restos da antiga floresta, que aqui e acolá projetavam sombras gigantescas pelas ribanceiras do rio, quando Elias montou a cavalo, e dirigiu-se a seu destino, absorto em seus tristes pensamentos, e procurando fortalecer-se na nobre e generosa resolução que acabava de tomar. Estaria pouco mais ou menos no meio do caminho, ladeado de distância em distância de pequenos ranchos, que costeando a margem do ribeirão seguia para o Comércio da Cachoeira, quando em certa altura ouviu uns gemidos abafados que pareciam sair de dentro de uma miserável choupana, quase escondida entre a capoeira, que se avistava a uns cinquenta passos da estrada, quase à beira do rio. Parou e escutou por alguns instantes; os gemidos continuaram. Não podia haver dúvida; era algum desgraçado que sofria, e morria talvez à míngua e à fome naquele miserável casebre, ou também quem sabe? ali gemia a vítima de algum horroroso atentado, desses que tão comumente se perpetravam na Bagagem, naquela época. Elias não era homem de ânimo a presenciar o sofrimento de quem quer que fosse, sem procurar socorrê-lo de qualquer maneira.

Dirigiu-se à choupana, apeou-se e bateu à porta.

XVI

O moribundo

Apareceu daí a um instante, na única janelinha que havia na casa, a cara encarquilhada de uma velhinha de aspecto repulsivo e sinistro: seus olhos grandes e redondos, o olhar frouxo mas lôbrego e carregado, o nariz adunco e largo sobreposto às faces engelhadas, cabelo curto e eriçado em forma de topete davam-lhe a aparência de uma verdadeira coruja, aninhada naquele pardieiro. Elias quase teve medo, e se não fosse dia claro teria acreditado na existência de bruxas.

– O que quer, meu senhor? ... bradou, ou antes guinchou a velha com voz esganiçada.

– Desejava ver a pessoa que está aí dentro a gemer. Parece que sofre bastante; talvez eu lhe possa ser útil, e dar alguns alívios.

– Não se aflija, meu patrão: é um pobre velho que está entrevado ali no fundo de uma cama. Há muito tempo que está assim, sem que ninguém possa lhe dar alívio, coitado! ... dali só para a cova. Se quer dar a ele alguma esmola, pode-me entregar, e Deus Nosso Senhor lhe dará o pago...

– Mas eu mesmo desejava vê-lo; também entendo alguma coisa de medicina, e talvez lhe possa ensinar algum curativo com que se dê bem...

– Mas o médico que trata dele não quer que receba visita nenhuma, nem fale com ninguém; por isso Vmcê. não repare, eu não lhe posso abrir a porta...

Não tenha cuidado; eu atalharei toda a conversa, e, se for necessário, não lhe darei mesmo uma só palavra. Quero só vê-lo um instante e saio imediatamente.

– Não, senhor; perdão; não pode ser. Ele é muito palrador, e vendo gente começa a tagarelar de modo que nunca mais tem fim; e fica cada vez a pior, a pior; e eu é que o estou aguentando, e isso não me faz conta.

– Mas já lhe disse que se ele falar, me retirarei logo, replicou com vivacidade Elias, a quem já começavam a impacientar as negativas da velha, e que mesmo já começava a desconfiar que havia ali algum mistério que a maldita velha estava com medo que ele fosse descobrir. – Em nome do céu, abra essa porta.

– Não, senhor; já lhe disse; não pode ser.

– Ah! senhor! bradou de dentro a voz rouca e alquebrada do enfermo. Quem quer que está aí, pelo amor de Deus, entre cá dentro.

– Está ouvindo? disse Elias, ele me chama; abra essa porta.

– Não, não pode ser; quantas vezes quer que lhe diga?

E depois voltando-se para dentro e abrindo extraordinariamente os enormes olhos, como rã esbordoada, bradou para o enfermo.

– Ah! velhote de uma figa! não pode calar essa boca? ... é assim que pretende sarar? ... parece uma criancinha! ... pois olhe: se continuar assim, não sei se estarei mais para o aturar... se quer conversar com todo o mundo que passa, mando pôr sua cama lá no meio da estrada, e eles que o aguentem.

– Quem está aí na porta entre cá por caridade; não faça caso do que ela está dizendo; por caridade! ... pelas cinco chagas de Nosso Senhor Jesus Cristo! entre... entre... quanto antes.

– Ai! ai! ai! ... ululou a velha harpia. Bendito Deus! ainda de mais a mais variado do juízo!

– Mulher infernal, bradou Elias com força, abre-me já, se não queres que arrebente a porta.

– Arrebentar! como está bonito o moço! tomara ver isso! ... porventura a casa é sua? ... moço, vá andando seu caminho, e não esteja tentando a Deus! já lhe disse que não abro.

E dizendo isto bateu com a janela, e trancou-a.

Elias entendeu que não devia mais esperdiçar palavras com aquela megera. meteu o ombro à franzina porta que estava apenas trancada por uma fraca tramela, e que cedeu logo ao primeiro empurrão.

– Misericórdia! guinchou a velha, este homem tem o diabo no corpo! Misericórdia! aqui d'el-rei!

Elias afastou com um empurrão a velha que se apresentara por diante querendo-lhe estorvar a entrada e fazendo uma berraria dos diabos; e foi-se dirigindo rapidamente para a miserável alcova, antes antro, em que jazia o desgraçado velho. Em um girau de pau roliço, desses cujos pés são forquilhas cravadas no chão, naquela espelunca escura e úmida, sobre um imundo colchão de palha, estava estirado um velho caboclo, esquálido e macilento, arquejando convulsivamente e entregue aos mais dolorosos sofrimentos. Espetada à parede, junto à cabeceira, uma negra candeia de ferro lhe dava sobre o rosto bronzeado um lúgubre clarão amarelento.

– Ah! ... és tu, meu pobre Simão! exclamou o moço com um tom de assombro e de angústia inexprimível, apenas fitou os olhos na fisionomia do velho. És tu, meu bom Simão! continuou sentando-se à beira do pobre leito, e tomando entre as suas as mãos do velho camarada. Perdoa-me, meu Simão; sou eu o culpado de aqui jazeres assim à míngua! ...

– Ah! meu patrão! meu patrão! bradou o velho fazendo um esforço supremo para levantar-se e erguendo ao céu os braços descarnados; bendito seja Deus! ...

– Ah! já eram conhecidos! ... rosnou com voz trêmula a velha que se tinha postado à porta da alcova, e com os olhos esbugalhados e torvos contemplava cheia de furor aquela cena. Tanto melhor para mim! ... Olá, meu moço, já que veio tomar conta da casa com tanta sem-cerimônia, fique-se por aí, e arrume-se lá com seu doente, que eu aqui não ponho mais os meus pés.

– Vai-te com Deus ou com o diabo, mulher infernal; nem nunca mais me apareças, que não fazes falta nenhuma.

– Que eu vou, é sem dúvida; Vmcê. quando veio aqui tentar a gente, já veio de má tenção... mas olhe, meu senhorzinho, que talvez não leve o bocado à boca. Às vezes a gente vai buscar lã, e sai tosquiado.

Elias mal ouviu estas palavras, que a velha ao retirar-se ia resmungando entre as queixadas.

– Foi Deus, meu amo, disse o velho com voz arquejante, e nos olhos já quase embaciados pelas sombras da morte divisava-se um lampejo de alegria- foi Deus, que o trouxe aqui agora... Eu ia morrer com o coração tão triste... ah! esta velha! ... esta velha é o diabo que me entrou pela casa. Deus me perdoe! ...

– Não te embaraces com ela, Simão; já lá se foi...

– Não creia, patrão, há de andar por aí rondando para nos escutar. Vá ver primeiro, patrão, tenha paciência; e volte depressa. Tenho muito que lhe contar, e não sei se a morte me dará tempo.

Elias, cheio de curiosidade e assombro, saiu sutilmente da alcova e foi rodear a cabana. A velha estava de feito do lado de fora com o ouvido colado à parede do quarto, onde se achava o moribundo. Apenas porém pressentiu Elias, foi-se retirando e resmungando horríveis pragas.

– Mau fim tenhas tu, velho feiticeiro, e a teu louco patrão, rosnava a velha. É esse o pago que me dás de te ter aguentado até aqui com toda a paciência! ...

– Cala-te, velha bruxa! ... se te encontrar aqui mais a espreitar e escutar, atiro-te com um pau a vontade de voltar mais cá.

A velha amedrontada com a ameaça de Elias que há pouco tivera razão para crer que não ficaria só em palavras, sem nunca deixar de resmungar pragas e maldições, foi recolher-se à sua casa que ficava a uma centena de passos.

Elias voltou pressuroso ao quarto do enfermo.

– Agora podes falar, Simão, disse sentando-se à beirada do girau. Ninguém nos ouve; estamos completamente sós... mas não... espera. Vou ver os meios de procurar-te algum socorro... coitado do meu Simão! ... aqui tão desamparado! ... e nas garras desta bruxa maldita! ... vou mandar ver um médico.

– Qual médico, patrão! ... não tome esse trabalho... uma a duas horas de vida é o mais que me resta... se tanto...

– É o que pensas, meu pobre Simão; quem sabe? ... Em todo caso não posso deixar-te morrer assim à míngua de socorro... Dize-me, não haverá por aqui algum vizinho que tenha préstimo a não ser essa velha maldita? ...

– Oh! patrão, por piedade! não cuide nisso... o tempo é pouco... sinto-me morrer...

– Morrer! ... não; tem ânimo, meu Simão... eu vou...

– E quando voltar, me achará morto, e o que é pior ainda, roubado!

– Roubado! ... exclamou Elias com um triste sorriso, pensando que aquilo era já o delírio da agonia.

– Sim, patrão; roubado! ... fique aí sossegado... tenho muito que lhe contar, e há de ser já. Depois faça o que quiser.

A curiosidade de Elias era grande, ansiosa, e o estado do velho camarada era com efeito extremo, e ele podia expirar de um momento para outro. Forçoso foi pois ceder à rogativa do pobre camarada que, com a voz sumida entrecortada de gemidos, a custo pôde fazer a seguinte narração:

– Quando Vmcê. foi-se embora para o Sincorá, meu único cuidado foi andar esgravatando por todo esse rio abaixo e acima a ver se Deus me ajudava e se eu descobria alguma lavra bem rica para meu patrão. Meu patrão velho, coitado, Deus o tenha em sua glória! ... quando ele morreu, deixou Vmcê. pequenino a meu cuidado. Como é que eu havia de morrer sossegado se deixasse Vmcê. pobre e desamparado neste mundo! ... Para mim, pobre velho cansado e sozinho no mundo, o que eu quero fazer com diamante? ... era para Vmcê. Com o almocafre no ombro e a bateia na mão andei provando as formações por toda essa beira de rio. Perdi muito tempo, sem achar... mas, Deus louvado, sempre fazia algum vintém para ir passando o resto da vida. A resto Nossa Senhora do Patrocínio me ouviu... sempre achei o que eu e Vmcê. andávamos procurando há tanto tempo. Que lavra, patrão! ... é uma lavra de estrondo! ... eu ia morrer com tamanho pesar, se não lhe pudesse contar! ... mas Deus foi de misericórdia... agora morro sossegado...

Elias ouvia atônito aquelas palavras do velho camarada e não ousava dar-lhes crédito. Eram seguramente delírios da imaginação de um moribundo, e em sua incredulidade quase se envergonhava de tomá-las ao sério.

– Pobre Simão! ... refletiu consigo, a razão já o vai abandonando com a vida! Não podia conceber que à cabeceira de um miserável moribundo a fortuna e a felicidade o esperassem, como por vezes o infortúnio costuma-va-se ocultar entre as rosas de um festim para nos desfechar um golpe fatal e imprevisto. Todavia não pôde deixar de interromper o velho, e dirigir-lhe com ávida curiosidade esta pergunta:

– Uma lavra! ... tu deliras, meu pobre Simão! ... onde está ela? ...

– Eu já lhe conto... ah! se Vmcê. não aparecesse tão a tempo! ... Vmcê. está duvidando? ... aqui está o que lhe há de fazer acabar de crer... é o diamante, que eu já tinha tirado... isto é seu... se Vmcê. não aparecesse, tudo isto ia parar nas mãos daquela malvada mulher, Deus me perdoe a mim e a ela!

Dizendo isto o velho, com a mão trêmula e convulsa, ia tirando do pescoço um pequeno saquitel de couro preso a um cordão, em forma de bentinho, e o entregou nas mãos de Elias, dizendo-lhe:

– Corte e veja para acabar de crer, e não cuidar que já estou treslendo...

Elias puxou a faca que trazia presa à casa do colete, e cortou com cuidado o saquitel. Caiu-lhe na mão um punhado de grossos e lindos diamantes. Um lampejo de alegria raiou nos olhos empanados do moribundo que murmurou com voz surda:

– É seu; é tudo seu, patrão.

– Mas, Simão, disse Elias, não deixas no mundo filho, irmão, parente ou amigo, a quem queiras beneficiar? ... posso eu aceitar isto sem prejuízo de ninguém?

– De ninguém, patrão, de ninguém. Eu sou sozinho no mundo. Se o patrão não aparece tão a tempo, minha herdeira era essa velha desalmada... cruz! ... Deus lhe perdoe...

– E quem é esta velha! ... que pretendia ela? conta-me tudo.

– Eu já lhe conto... ah! ... meu Deus! ... que dor! ... parece-me que vou já morrer! Meu Deus! ... daí-me força por mais um instante para poder acabar...

Elias olhou para o céu e repetiu do fundo d'alma a súplica do moribundo. O velho acalmou-se um pouco e continuou:

– Há mais de um mês que caí entrevado e sem poder mover-me, meti-me neste ranchinho onde sempre tenho morado. Achei-me sozinho e sem ter quem me tratasse, morreria aqui à fome e à míngua sem ninguém saber, se não fosse esta velha, única vizinha que há aqui mais perto e que, dando fé de mim que aqui estava abandonado, ofereceu-se para me tratar. Aceitei agradecido a esmola que me fazia e julguei que vinha mandada por Deus. O povo daqui, vendo-me assim andar arredado e sozinho e sempre a garimpar pelos matos, tinha tomado cisma comigo e andava dizendo que eu era feiticeiro, tinha parte com o diabo, e que neste meu ranchinho eu tinha arrobas de diamante enterrado. A velha que dava ouvido a estas coisas, e tentada pelo demônio, veio um dia dar busca em meu pescoço, enquanto eu estava dormindo... eu logo acordei e bem o percebi; mas ela já tinha descoberto o negócio... Foi a minha perdição... Ninguém mais entrou aqui senão ela e uma sua comadre, tão boa como ela, Deus a perdoe! que faz as suas vezes e me fica de sentinela, quando a outra tem precisão de sair. Assim há mais de um mês estou aqui no fundo desta cama... elas não me deixam sozinho um instante e não vejo outras caras senão as delas... O certo é que cada vez vou a pior e desconfio... mas, ah! patrão, por alma do defunto patrão velho, não vá dizer a ninguém nem faça mal a essas desgraçadas.

– Mas desconfias o quê? ... fala, fala, Simão.

– Desconfio que estão me preparando para ir mais depressa. Nestes dias, vendo que estava mesmo às portas da morte, disse a elas que tinha que fazer certas declarações e pedi-lhes que me chamassem um homem para escrever o que eu queria e algumas pessoas para testemunhas... Tempo perdido! ... nunca mais acharam o tal homem. Por fim pedi que me chamassem um padre: o mesmo; nunca acharam padre para me confessar. Eu ia morrer sem confissão nas garras daquelas duas bruxas, Deus me perdoe! que estavam aflitas por me verem morto para me roubarem e deitarem meu corpo aos urubus... Mas nesta hora não devo lembrar-me das ofensas, senão para perdoar. Deus louvado! Vmcê. apareceu, e eu lhes perdôo de todo o coração.

– Ah! em que mãos estavas, meu pobre Simão! ... mas a lavra, Simão? ainda não me disseste onde está a lavra? ...

– Ah! ... sim... a lavra é... ai! meu Deus! ...

Deu um grito, estrebuchou, seus olhos se estalaram, escapou-lhe do peito um soluço rouquenho, e ficou imóvel.

– Simão! Simão! gritou Elias agitando-lhe o braço. Vendo porém que não dava indício algum de vida:

– Morto! morto! exclamou com angústia, morto e levando consigo para a sepultura o segredo de minha felicidade!

Elias, tendo-o já por morto, já se dispunha a retirar-se e a ir dar ordens para o enterro de seu velho camarada, quando um fraco gemido veio anunciar-lhe que ele ainda não estava morto. O moribundo tinha feito apenas o primeiro termo, que durou cerca de dez minutos. Elias foi examiná-lo, e viu que respirava, e começava a mover os olhos.

– Patrão? patrão! ... que é dele? foram as primeiras palavras que proferiu com voz quase imperceptível. Ah! está aí! ... quase que não enxergo nada... A lavra é lá... rio abaixo... quase uma légua abaixo de Joaquim Antônio... passando três córregos, o terceiro do lado de cá do rio... Há lá uma cruz de cedro que eu mesmo finquei... e cinco pedras grandes em cruz... e...

Não pôde dizer mais... Estas últimas palavras mesmo eram ditas com voz tão sumida, que Elias precisava quase encostar o ouvido à boca do moribundo para poder ouvi-las. De novo estalou os olhos, inteiriçou-se na cama, e exalou um suspiro convulsivo: era o derradeiro.

Elias cerrou-lhe os olhos, e, ajoelhando-se ao pé do mísero leito com piedoso recolhimento, rezou pela alma do finado. Depois deu ao céu fervorosas graças pelo inestimável e quase miraculoso benefício que acabava dc fazer-lhe por intermédio de um velho e miserável camarada.

Fechou cuidadosamente as portas e janelas da casa, montou a cavalo e partiu a galope para o Comércio da Cachoeira a dar ordens para que se fizesse um enterro decente a seu fiel e infeliz camarada.

XVII

A grinalda e o túmulo

Desde pela manhã Lúcia esperava com a mais ansiosa impaciência a vinda de seu amante. Achava-se cada vez mais enleada em cruéis apuros, e todos os dias seu pai a apertava vivamente para que se decidisse a aceitar por marido o negociante que havia solicitado sua mão.

Bem via ela que o horizonte de novo se anuviava e que outra vez o céu ia lhe impor o cruel dever de imolar, desta vez irremissivelmente, o seu amor à felicidade de sua família. Mas desta vez sua alma, ou porque já estivesse cansada de tantos embates e prostrada pelo desalento, ou porque seu amor mais avivado pela presença de Elias e fortalecido pela esperança dominasse despoticamente em seu coração, já não sentia aquela coragem que a tinha sustentado a primeira vez em sua nobre dedicação.

– Mas, refletia ela consigo, eu então era só. Não tinha notícias de Elias, que andava por longes terras; não podia saber se ainda amava-me e nem mesmo se era vivo ou morto; podia dispor livremente de meu destino. Mas, agora que ele se acha perto de mim, que sei que vive e vive só para amar-me, e tanto direito tem adquirido ao meu amor, posso eu, sem consultá-lo, sem dizer-lhe uma palavra, sacrificar o meu futuro, que é também o dele, a um pesar eterno? ... oh! não! certo que não! ... eu atraiçoaria o amor que me consagra e a confiança que em mim tem, e mereceria bem que de novo me desprezasse e amaldiçoasse.

Tranquilizada um pouco por este subterfúgio que lhe sugeria a sua consciência de amante, Lúcia se escusava para com seu pai com algumas evasivas, procurando ganhar tempo até que tivesse ocasião de achar-se com Elias para de acordo com ele resolver o terrível dilema em que estava empenhado o futuro de ambos.

Mas o sol já descaía muito de meio-dia e Elias não se apresentava. A posição de Lúcia tornava-se cada vez mais triste e aflita e recresciam as instâncias, rogos e ameaças de seu pai, que nesse dia assentara de levar ao último extremo a resignada paciência e submissão de sua filha.

Os homens de alma fraca e espírito acanhado, quando de ricos que eram caem em estado de pobreza, tornam-se irritáveis, intolerantes, injustos e até às vezes cruéis. O rancor de que se acham possuídos contra o destino que os maltrata e do qual não se podem vingar, eles o desabafam contra as pessoas que com eles vivem e lhes são sujeitas. O Major, encolerizado com as delongas e hesitações de Lúcia, perdeu aquela prudência e bonomia que sempre o caracterizava, e, calcando aos pés o decoro e o respeito que sempre guardava para com os sentimentos de sua filha, acabrunhou-a com um montão de impertinentes repreensões e cruéis exprobrações:

– Filha indócil e caprichosa! ... bradava ele em acessos de cólera, que não sabes sacrificar uma paixãozinha indigna e ridícula aos verdadeiros interesses e ao sossego e felicidade de minha velhice... pensa acaso que não estou percebendo que ainda traz arraigada no coração essa afeição vergonhosa por esse pobre diabo, que aí anda à toa sem eira nem beira, e que tem sido constantemente o fantasma perturbador do meu repouso e da felicidade de minha família! Se nesta desgraçada terra houvesse polícia e um recrutamento em regra, não andariam por aí passeando livremente esse e outros vadios dessa laia, que não têm outra ocupação mais do que perturbar a paz das famílias! ... Ah! nunca pensei que a minha filha querida, que eu criei aos meus braços e ao meu colo, com tanto esmero e tanto mimo, viesse amargurar-me assim o resto de meus dias! ...

E Lúcia, a pobre Lúcia, com os olhos baixos e coberta de vergonha, ouvia toda aquela explosão da cólera paterna, trêmula e transida de horror, como quem ouve o estalar da trovoada, e só respondia com lágrimas e soluços. Seu coração já não tinha forças para resistir a tão rudes embates; forçoso lhe era curvar-se a esse novo sacrifício que o coração repelia, mas a consciência aconselhava.

Levada ao último extremo pelas cruéis e duras palavras do Major, Lúcia, com a fronte rubra a um tempo de pejo e de indignação, com o coração a transbordar de amargura e desespero, atirou-se aos pés de seu pai.

– Eis-me aqui, meu pai! ... bradou com voz rouca e cortada de soluços. Eis aqui, não a sua filha, mas a sua escrava. Faça dela o que bem lhe aprouver!

Nesse momento ouve-se o tropel de um cavaleiro que apeia-se e bate à porta. Esse incidente correu o pano sobre aquela triste e dolorosa cena; Lúcia levantou-se enxugando à pressa as lágrimas e procurando compor o rosto transtornado pelas cruéis emoções do momento. O Major foi tranquilamente abrir a porta que da rua ou da estrada dava imediatamente para a pequena sala em que se achavam; mas empalideceu ao reconhecer no visitante o mancebo contra o qual há poucos instantes a cólera lhe tinha feito vomitar os mais injuriosos impropérios. Elias, graças ao bafejo extraordinário que recebera da fortuna à cabeceira de seu camarada moribundo, apresentava-se com ar altivo e resoluto; dir-se-ia que ouvira as injúrias de que há pouco fora o alvo, e delas vinha exigir pronta satisfação. Mas, não era nada disso.

Elias, depois de ter dado com minucioso cuidado as necessárias providências para que se fizesse o enterro a seu velho camarada com a possível decência, montou de novo a cavalo, e sem ao menos parar na casa de sua velha enfermeira, dirigiu-se a toda a pressa à choupana do Major. Já não eram precisas as entrevistas furtivas; os tímidos e ocultos manejos já não tinham lugar. Era tempo de apresentar-se francamente e declarar sem dissimulação as suas pretensões.

Quando Elias se apresentou ao limiar da porta, Lúcia não pôde conter um grito de surpresa. O Major recuou um pouco desconcertado, murmurando consigo: este homem... ! meu Deus! ... este homem é como um espectro que surge sempre diante de mim em ocasiões destas. Depois, recuperando o sangue-frio, cumprimentou cortesmente e disse-lhe:

– Oh! senhor Elias, muito me honra a sua visita... mas, desculpe-me a franqueza, continuou com sorriso sardônico, não posso dissimular-lhe que nesta ocasião ela não me parece de muito bom agouro.

– Não? ... sinto muito, senhor Major; mas não admira que eu, que sempre tenho sido infeliz, não possa agourar senão desgraças. Mas agora... não sei qual possa ser o motivo...

– Não se lembra que a última visita com que me honrou, foi em vésperas de casar-se minha filha Lúcia? ...

– Oh! se me lembro! ... perfeitamente.

– E lembra-se também que esse casamento se desfez de um modo bem triste? ...

– Como se fosse hoje, senhor Major...

– Pois bem; e agora que estou de novo em vésperas de casá-la, eis que me aparece a sua visita. Sou algum tanto supersticioso e não deixo de ficar um pouco apreensivo...

– E não é sem fundamento a sua apreensão, senhor Major. Já que me fala com tanta franqueza, permita-me que lhe retribua na mesma, e fique sabendo que o meu aparecimento hoje em sua casa não está longe de ser o anúncio de um novo desmancho de casamento.

– Deveras, senhor Elias!? exclamou o Major com um sorriso que exprimia a um tempo estranheza, desdém e zombaria. Deveras! então ainda desta vez espera que temos pela barba algum moedeiro falso? ...

– Pouco importa, retorquiu Elias sorrindo. Se não é moedeiro falso, o noivo de agora não deixa de ser um usurpador que pretende roubar o que lhe não pode pertencer. Da primeira vez foi a polícia quem se encarregou de desmanchar o casamento; desta vez, porém, serei eu mesmo.

O Major estava pasmo, e não sabia o que pensar da audácia e impavidez com que o moço proferia aquelas palavras que a seus olhos eram verdadeiros despropósitos. Estará louco este homem? pensava; ou prevalecendo-se do estado de pobreza e desvalimento em que me acho, vem agora vingar-se insultando-me? ...

Lúcia também, entre atônita e contente, não podia bem atinar com a significação daquele inesperado incidente, e ardia por ouvir da boca de

Elias a explicação de tão extraordinário procedimento; mas não lhe ficando bem dirigir-lhe a palavra, o interrogava com os olhos, onde reluzia a mais ansiosa e viva curiosidade.

– Seguramente, replicou o Major depois de um instante dc silêncio, o senhor está gracejando; mas permita-me que lhe advirta que nem a ocasião nem o assunto são próprios para zombarias.

– Perdão, senhor Major! ... não zombo, nem sou capaz de zombar de ninguém em negócio tão melindroso. Repito-lhe que venho desmanchar um casamento, porque venho aqui de propósito para pedir a mão de sua filha para outra pessoa que tem mais direito a ela do que esse pretendente com quem a quer casar, e que em ponto nenhum lhe é inferior.

O assombro do Major crescia de ponto, ao mesmo tempo que se aumentava o contentamento de Lúcia, que começava a entrever o desfecho daquela cena.

– Então o senhor, prosseguiu o Major pausadamente e carregando nas palavras; então o senhor veio à minha casa de propósito para embargar o casamento de minha filha com a pessoa a quem eu quero dá-la? ... Deveras meu senhor? o senhor mesmo? ...

– Sim, senhor! eu mesmo! repetiu Elias com segurança.

– E quem lhe dá esse direito? ...

– Perdão; não venho exigir; venho pedir.

O Major hesitou um momento na resposta que devia dar; passou a mão pelas barbas grisalhas e respondeu:

– Se vem pedir, o caso é diferente... Todavia, por mais que o senhor me diga isto, me parece uma farsa, e acabemos com ela, eu não posso por modo algum faltar à minha palavra já comprometida com outra pessoa.

– E a senhora D. Lúcia? ... não conta com ela? desculpe-me a pergunta. Dizendo isto, Elias fitava os olhos em Lúcia.

– Não posso deixar, respondeu o Major, de estranhar o desembaraço com que o senhor se intromete nos negócios de minha família; contudo devo declarar-lhe...

O Major ia responder que sim; mas Lúcia fixou-lhe um olhar, que parecia dizer-lhe: não minta. O Major prosseguiu algum tanto embaraçado:

– Devo declarar-lhe que ela, infalivelmente, dará o seu consentimento; tenho disso certeza.

Elias olhou para Lúcia; esta lhe fazia com a cabeça um sinal negativo.

– Que certeza tem disso, senhor Major? já a consultou?

– Tenho toda a certeza. Demais, já que começamos a explicar-nos com toda a franqueza, continuemos da mesma sorte: não desfazendo em nenhuma outra pessoa, o noivo a quem destino minha filha é um moço muito distinto, ativo e inteligente, e já possui alguma coisa; aqui pela Bagagem não conheço outro que esteja em melhores, nem mesmo em iguais condições. Poder-se- á dizer outro tanto desse que a pretende, e que julgais com mais direito de que o outro? Estamos pobres como sabe; por mim, que já pouco tenho a viver, pouco me importaria a pobreza. Mas custar-me-ia muito resignar-me a ver minha Lúcia sofrer as privações da pobreza, podendo dar-lhe uma posição mais cômoda e brilhante na sociedade. Seria uma crueldade que nunca me perdoaria a mim mesmo.

– Tem razão de sobra, senhor Major; nem vou contra isso. Então é muito rico esse moço? ... quanto possuirá ele pouco mais ou menos?

– Principiou a negociar há pouco tempo, e já possui talvez mais de vinte contos livres. Aqui para o sertão não é mau começo.

– E se esse outro, que também pretende a mão de sua filha, possui tanto ou mais do que isso?

– Embora! ... a minha palavra é sagrada; não é motivo bastante para eu falar a ela.

– Mas, senhor Major, sua filha ainda não deu palavra ao noivo que lhe quer dar. E suponhamos que ela já tivesse hipotecado sua palavra e seu amor a este de quem lhe falo, e que fosse o noivo da escolha de seu coração?

– Ah! nesse caso... eu sei? mas... acabemos com este mistério; quem é esse pretendente? ... onde está esse noivo?

– Pergunte-o à sua filha, senhor Major; ela, tanto como eu, lho poderá dizer.

Lúcia corou extraordinariamente e baixou os olhos.

– Ah! ... exclamou o Major como acordando de um sonho, não é preciso que me digam nada; já o adivinhei! ... é o senhor mesmo. . mas será possível?

– Sim, senhor Major; o senhor o disse; sou eu mesmo. O que acha nisso de estranho?

– Nada... O que somente me maravilha e não posso conceber é que o senhor, que ainda ontem era tão pobre como eu me vejo agora, pudesse de um dia para outro adquirir uma fortuna...

– Caiu-me do céu, senhor Major; posso assim dizer. E não foi para mim que o céu a enviou, foi para sua filha, que é um dos seus anjos, que o céu a enviou. Era para ela que eu há muitos anos, com esforços e diligências inauditas, a procurava. A caprichosa fortuna de um dia para outro o reduziu à pobreza, quis também de um momento para outro tornar-me rico. Foi uma compensação, senhor; e o céu quer que este pouco que agora a fortuna me concede seja consagrado a tirar da miséria a família a quem ela tão cruelmente despojou.

– Senhor Elias, disse o Major comovido, desculpe-me... eu tenho sido vítima de tantas decepções, de tantas manifestações neste mundo...

– Compreendo, atalhou o moço, duvida ainda do que eu digo. Tem muita razão, senhor Major. Quer uma prova, não é assim! Ei-la aqui.

Dizendo isto, Elias tirou do bolso um pequeno embrulho, e o entregou ao Major.

– Bem vê, acrescentou ele, que só o jogo, o testamento ou o garimpo nos podem tornar ricos de um dia para outro.

– São na verdade magníficos brilhantes, disse o Major depois de abrir o embrulho. Só aqui, há um valor de muito mais de vinte contos.

– E a lavra de onde saíram ainda não está esgotada, disse Elias.

– Já vejo que o céu os destinava um ao outro, e de maneira nenhuma me posso opor ao vosso casamento, visto que as coisas tocadas pela mão de Deus se encaminham de modo tão visível para esse fim. Não me é preciso perguntar a Lúcia se consente nesse casamento. Há muito sei de vossa mútua afeição, e que era a causa da repugnância de Lúcia em aceitar outros enlaces. O céu me é testemunha de que eu dentro d'alma, não desaprovava esse amor, e que sempre fiz justiça às suas qualidades e bons sentimentos, senhor Elias. Mas este mundo, esta sociedade tem tais exigências... eu também, eu que em minha vida singela e uniforme nunca sondei o oceano das paixões humanas, não podia conhecer todo o alcance de tal amor, e pensava, insensato que eu era! que contrariando os afetos de minha filha, procurava-lhe a verdadeira felicidade. Mas espero, meus filhos, que me perdoarão e não me quererão mal por isso.

– Esqueçamos o passado, senhor Major, esse passado, que para nós ambos tem sido bem triste e bem cheio de transes de amargura. Tinha um motivo justo de proceder assim, eu o reconheço; e tanto o reconheço que ainda hoje, ao levantar-me do leito onde passara a noite em lágrimas, torturado de angústias e o desalento n'alma, vendo-me pobre, sem futuro e sem esperança depois de mil vãs tentativas e desesperados esforços para adquirir algumas coisas, parti para aqui com a firme resolução de renunciar para sempre ao meu amor e a todas as minhas esperanças de felicidade, desligar-me de todos os juramentos e protestos que nos dias de esperança fizera à sua filha e com o meu exemplo e minhas palavras aconselhá-la, alentá-la, para que se resolvesse a aceitar o esposo que podia ampará-la neste mundo, e esquecesse o desgraçado que não podia servir senão de estorvo à sua felicidade e à de sua família.

– Que belo e generoso procedimento! exclamou o Major, já sinto-me orgulhoso em o ter por genro.

Lúcia, sem dizer palavra, olhava fixamente para Elias com os olhos nadando em ternura e em arroubos de felicidade.

– Mas o céu se condoeu de nós, continuou, e no curto caminho do Comércio de baixo para aqui, a fortuna por um modo extraordinário sorriu-me junto ao leito de morte de um pobre velho, e encontrei num momento e sem procurar aquilo que há tanto tempo procurava em vão com esforços inauditos. Esqueça-se do passado, senhor Major, e abençoe o nosso amor; eu também de tudo me esquecerei, e pode ficar certo que encontrará em mim um filho submisso e afetuoso, e suas filhas, uma um marido terno e extremoso, e outra um irmão dedicado.

O Major, comovido, no íntimo do coração pelo generoso procedimento e pelas nobres palavras do mancebo, lançou-se em seus braços.

– Sejam felizes, exclamou com lágrimas nos olhos, sejam felizes, meus filhos! ... o céu abençoe o vosso amor.

Logo desde o dia seguinte Elias tratou de empregar toda a diligência para descobrir a mina indicada por seu velho camarada no leito de morte. No fim de alguns dias de pesquisas, com bastante trabalho e paciência, descobriu-a enfim no fundo de um grotão escuro e coberto de espessa mata. Não havia trilho algum que lá conduzisse. O velho e astuto caboclo mui de propósito tinha tido o cuidado de não deixar vestígio algum por onde pudesse ser descoberto o tesouro que não queria que pertencesse a mais ninguém senão a seu jovem patrão. Elias imediatamente deu serviço e o resultado não desmentiu as palavras do velho caboclo. Em poucos dias ele tinha quadruplicado o legado que na hora da morte recebera das mãos do fiel e dedicado Simão. Mas, coisa singular! logo depois a lavra se esgotou, e por mais serviços que dessem, ninguém conseguiu descobrir o mínimo diamante. Dir-se-ia que a providência tinha ali depositado aquele pequeno tesouro unicamente para servir de recompensa à virtude daqueles dois fiéis e dedicados amantes.

Quinze dias depois do acontecimento que teve lugar na pequena choupana do Major, na pequena e única capelinha que então havia na Bagagem, celebrava-se um casamento sem pompa alguma e com a maior simplicidade; mas o júbilo e contentamento que se irradiava na fisionomia dos noivos e de todos que presenciavam aquela solenidade, davam-lhe um ar festivo e anunciavam que era um casamento feliz. Era com efeito um simpático e formoso par, digno de todas as venturas da terra e de todas as bençãos do céu.

Ao saírem da igreja, os noivos, separando-se da comitiva que os acompanhava, desviaram-se para um lado da igrejinha, e encaminharam-se para uma cova que ali se havia recentemente aberta, junto à qual havia também uma cruz nova de madeira.

Ajoelharam-se junto dela, e nessa postura estiveram rezando por algum tempo. Ao levantarem-se, a moça despregou o mais lindo ramo de sua grinalda de noiva e o depositou em um dos braços da cruz; no outro o marido colocou um ramalhete de perpétuas e saudades. E o povo que, cheio de interesse e admiração, contemplava aquela nobre e tocante cena, bendizia-os de todo o coração.

FIM